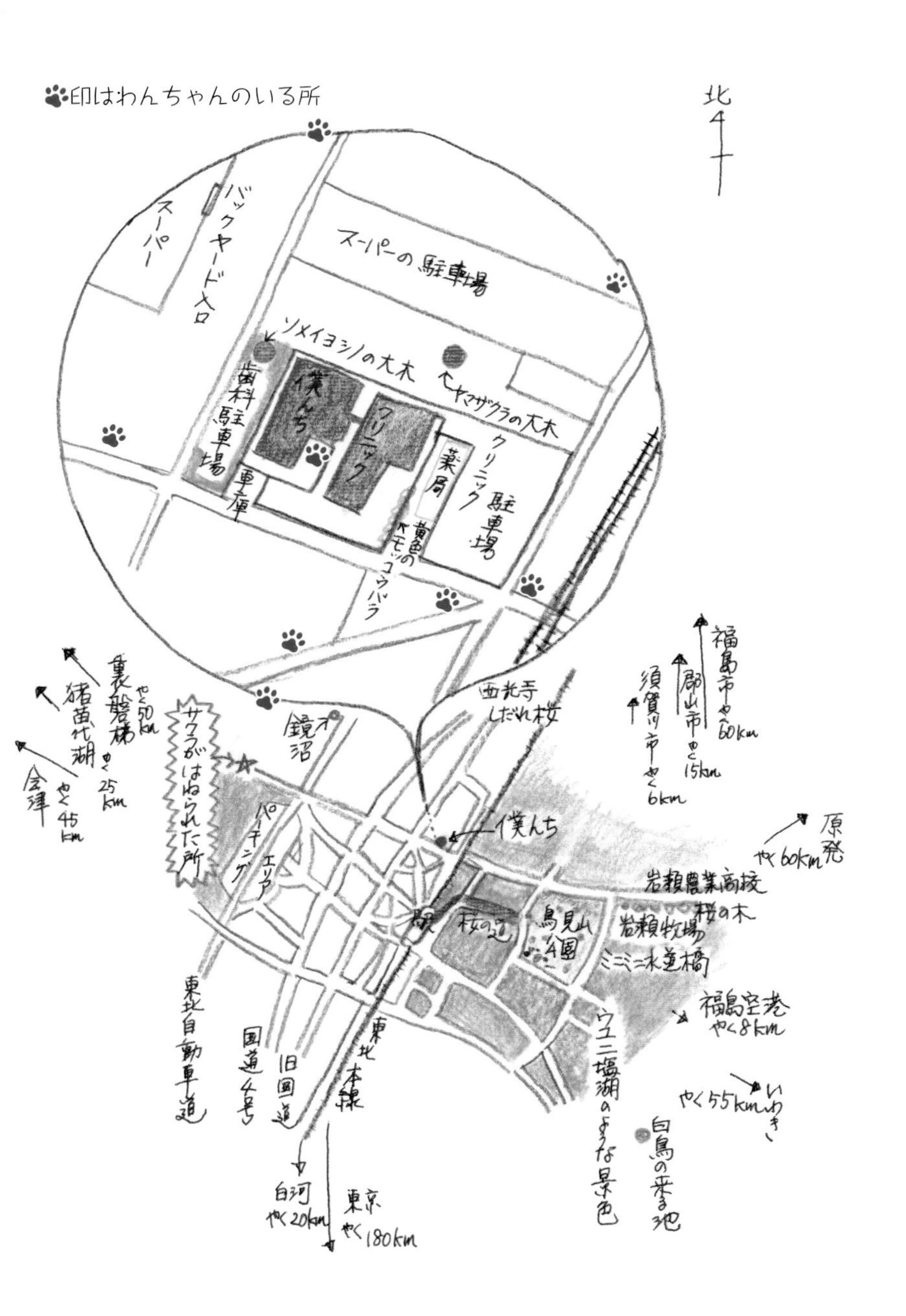

印はわんちゃんのいる所
北
スーパー
バックヤード入口
スーパーの駐車場
ソメイヨシノの大木
ヤマザクラの大木
歯科駐車場
僕んち
クリニック
薬局
クリニック駐車場
車庫
黄色のモッコウバラ
裏磐梯 やく50km
猪苗代湖 やく25km
会津 やく45km
サクラがはねられた所
鏡沼
西光寺しだれ桜
福島市やく60km
郡山市やく15km
須賀川市やく6km
僕んち
パーキングエリア
原発 やく60km
岩瀬農業高校
桜の木
駅
桜の道
鳥見山公園
岩瀬牧場
水道橋
福島空港 やく8km
東北自動車道
国道4号
旧国道
東北本線
ウユニ塩湖のような景色
いわき やく55km
白鳥の来る池
白河 やく20km
東京 やく180km

サクラと僕の物語

語り マクシミリアン　訳・画 野替 千代

文芸社

もくじ

サクラと僕(ぼく)の物語

第一章　僕とサクラ

一　出会い

秋も深まり、稲刈りもすっかり終わり、朝夕の寒さが身にしみるころの午後だった。突然母さんが、やせこけた仔犬を連れてきた。庭のフェンスの向こうの車庫に毛布とバスタオルを敷いて、ピクリとも動かない仔犬を寝かせた。僕は、庭からじっと眺めていた。母さんが、僕に言った。

「この子、車にはねられたんだけど、マッ君の獣医の先生が外傷もないし、骨も大丈夫だとおっしゃってるの。気がつくまで、ここで寝かせておくけど、病気を持っているかもしれないので、マッ君は、お庭から見ててね。」

お水とドッグフードの器を仔犬のそばに置き、家に入った。僕は、庭からずっと眺めていた。十分、二十分、三十分、一時間、一時間半、二時間、そして、ついに二時間を少し過ぎた時、その仔犬が目を開けた。立ち上がり、伸びをし、辺りを見回して、なんのためらいもなくドッグフードを食べている。えー、危ないなんて思わないの？ ドッグフードを全部食べて、水を飲んで、満足して、また眠りについた。どうしてそんなにも安心しているのさ。心配性の僕には、絶対にありえない。でも、あの子の目、しぐさ、寝てる姿が、とってもかわいい❣

　母さんが、やって来て、

「あら、全部食べて、また寝ちゃったのね。よっぽどおなかがすいて疲れていたのね。」

　と言って、僕に、

「この子は、自転車の男の人を追っかけて、車道に飛び出し、車にはねられたの。お父さんが車で通りかかって、この子が反対車線で宙を舞って、草むらに落っこちるのを見たの。車を路肩に止めて、自転車の男の人を探したけど、姿が見えなくなったの。それで母さんに電話して、この子を保護したのよ。全然動かなかったので、母さんがマッ君の先生の所に連れてったの。『外傷もなく、骨も大丈夫ですね。気を失っているので、様子を見ましょう』ということで連れてきて、車庫に寝かしたのよ。かわいそうに、こんなにやせて。目を覚ましたら、もう一度、先生に診ていただきましょうね。」

と母さんは言って、その仔犬に近づき、しゃがんで頭をそっとなでた。すると、その仔犬は、目をぱっちりと開いて、あまえるように母さんを見上げた。僕は、かわいいと同時に、なんて人懐っこいと思った。母さんは、その仔犬を連れて僕の先生のとこへ車で出かけた。僕は、ぼんやりと車の行った方を眺めながら待っていた。

やっと母さんの車が帰って来た。あの仔犬もいっしょに。そして、その仔犬には、僕がもっと小さかった時に使ってた赤い首輪がされている。その仔犬のもともと着けてた首輪は、茶色の革でできてたんだ。古く傷んでいて、首にくいこんでいたのを僕は知ってた。それでも、あの赤い首輪は、僕んだ。母さんは、僕の赤い首輪にひもを付け、車庫の柱に結んだ。それから、うちの中で迷子犬の貼り紙を作り、保健所などにも電話した。貼り紙を持って、交番、近くのスーパーやお店に頼んで貼ってもらっていた。

迷子の仔犬を預かっています。
ラブラドールのミックス、生後七カ月ほど、メス、
細い茶色の革の首輪をしています。

お心当たりの方は、《〇〇〇-△△××》まで

「元の飼い主が見つかるといいけど……先生のお話だと、あの茶色の首輪、かなり前にしたようだから、もっと小さい時に捨てられたようだって。あの仔犬がはねられた

近くに高速道路のパーキングエリアがあるでしょ。だからね。この辺りは、水田が広がり人家もあるから、飼えない仔犬を高速道路で連れてきて、ここのパーキングエリアで捨てていくのが多いんだって。この仔犬も、もっと小さい時に捨てられて、がんばってひとりで生きてきたんじゃないかな。」

と母さんが僕に言ってる。あいつも一生けんめい生きてきたんだね。

二　僕の生い立ち

僕は、有名な避暑地のブリーダーの所で生まれた。ちょうど『１０１』という映画がヒットしそうなころで、きっとダルメシアンが人気になると思ったブリーダーが、たくさんのダルメシアンを誕生させた。僕の周りには、兄弟姉妹や腹ちがいの兄弟姉妹がいた。そして、次々とどこかへ売られていった。しかし、思惑通りではなく、中型犬で声がかん高く大きく、走り回るのが大好きな僕らは、日本の住宅事情ではあまり人気が出なかった。生まれて三カ月以内に売れないと売れ残りとなる。大きくなりそうな僕と真っ黒で生まれたもう一ぴきは、まさに売れ残りだった。

僕らは、もちろん血統書付きだ。でもね。何とかチャンピオンを持ってるのは、ご先祖だ。僕が子どもを持っても、その子たちの血統書には、チャンピオンを持ってるご先祖は載らない。なぜって、血統書には何代前まで載るって決まっているらしい。

だから、僕らは、ブリーダーにとってのお荷物なのだ。

ある日、ブリーダーは、僕らの広告を全国版の新聞に載せた。もちろん、他の売れすじの犬種の横に、血統書付きダルメシアンを特価でと。その記事を母さんが目にとめた。

母さんは、その前の年、大好きだった実のお母さんをがんで亡くしていた。とっても美しく元気な方だったらしい。母さんは、いっしょにいろんなことをするつもりだったんだよ。たとえば、茶道、日本中や世界中の旅行など。世界一周の旅では、途中コンコルドに乗るのを予約してたんだよね。コンコルドが廃止になった時から、あの時に乗ってたらとくやみ続けてるからね。母さんは、お母さんを亡くして、すっかり落ちこんでいた。そして、僕が来た年には、二十年近くいっしょにいたマルチーズのロビン君が死んだ。初めは、もう犬は飼わないと言ってたようだが、父さんの勧めもあり、小さな短毛の犬だったらって考え始めた時だった。新聞広告を見て、父さん

に、

「ダルメシアンだって。101ぴきワンちゃんね。でも、大きくなるわよね。売れなかったら、この子どうなるのかしら。」

と聞いた。父さんは、

「ダルメシアンはかわいいぞ。大きくなっても、ここなら飼えるよ。これも何かの縁だよ。電話してみたら。」

母さんは、ブリーダーに電話した。黒の仔犬を勧められたけれど、やはりダルメシアン柄で、顔には斑のない僕を気に入ってくれた。でも、即答はせずに、一度電話を切り、父さんといっしょにもう一度よく考えた。その時、遊びに来ていた姪っ子に、父さんは、

「ダルメシアンどう思う。良いよね。」

と賛成意見を求めた。姪っ子は、

「わあ。１０１ぴきワンちゃんだ。飼おうよ。」

「そうね。黒の仔犬のことも心配だけど、二ひきは、無理だしね。」

と母さんが言って、また、ブリーダーに電話した。僕は、売れた。

その日のうちに、僕は体をきれいに洗われ、夕食後に小さな檻に押しこまれた。水と犬用クッキーが中に置いてあったけど、僕には小さすぎる檻で、ほとんど身動きできなかった。何にも分かってなかった僕は、ただただ怖かった。ブリーダーの車で、運送会社に連れていかれ預けられ、トラックに積みこまれた。トラックは、時々止まりながら、一晩中走っている。

朝、明るくなって運送業社の大きな倉庫に着いた。そこで母さんと姪っ子が待っていた。だけど、僕には知らない人たちだから、何が起こるか心配ばかりで、居心地の悪い檻から出るのが怖かった。母さんは明るく優しい声で、

「はじめまして。今日からうちの子になるのよ。よろしくね。怖がらずに、出てらっしゃい。そこは、窮屈でしょ。」

となんのためらいもなしに、僕の前足二本を引っぱった。入り口で頭を少しぶっつけたけど、檻の外に出られて伸びをした。

「この檻は、なんて小さいの。あんまりだわね。大変だったね。さあ、車で、おうちに帰りましょ。」

そう言って、赤いきれいな首輪とリードを付けてくれた。清らかな水の入れ物を前に置いた。

「のど渇いていない？　おしっこ大丈夫？　うんちは？　少し歩こう。」

なんて言ってるけど、僕は、いっしょに歩くほど気を許してなかった。少しの間、膠着状態となって、母さんが僕を抱えて、車に向かって歩きだした。姪っ子の膝の上に、柔らかなバスタオルを敷いて僕を乗っけて、車を運転し始めた。

「うちまで、一時間くらいよ。途中、パーキングエリアでお散歩しましょ。それまで、ゆっくり休んでね。」

高速道路に乗り、しばらくすると、休憩するところに止まった。水とドッグフードを少しずつ口に運んできたので、おなかのすいてた僕は食べてしまった。水も飲んだけど、まだいっしょに歩けなかった。おしっこは、その場でしてしまった。そして、僕の大失態が起こる。車の中で、姪っ子さんの膝のバスタオルで。僕は、おなかも満たされ、昨夜の疲れもあり、車の揺れも心地よく、うっかり少し眠ってしまい、そして、うんちが出てしまった。姪っ子さんが、小さく叫んだ。

「くさい！」

しかしながら、車は止まらず、僕の新しい家に着いて、やっと止まった。

「さあ、マッ君、着いたわよ。君のおうちだよ。お父さんに会う前に体洗いましょう。お湯持って来るね。」

母さんが、きれいに拭いてくれた。気持ちいい。

「君の名は、マクシミリアン。いいでしょ。ヨーロッパで貴族の馬車の護衛をしてたダルメシアンだから付けたのよ。似合ってる。気品があってピッタリね。普段は、マッ君か、マックスって呼ぶわね。気に入った？」

僕は、よく分かんなかったけど、母さんが、「マッ君」「マックス」「マクシミリアン」って呼んでくれるのが心地よく、自分に名前があるのがうれしかった。

でも、その夜から、僕の闘いが始まった。母さんは、子どもの時から、ずっと犬といっしょに過ごしてきたし、『名犬ラッシー』というアメリカのドラマが大好きだった。また、若い時、オーストラリアとイギリスで、ホームステイをしていたし、アメリカのセントルイスという街に、僕の先輩のロビン君を連れて、三年ほど、父さんといっしょに住んでいたので、犬に対する接し方にはこだわりが強かった。

オーストラリアのエレンさん（母さんは、オーストラリアのお母さんと言っているる）のおたくのラスティ君も、次にいたベンジーちゃんも皆、昼は、家族といっしょに家の中や裏庭で自由に過ごすのに、寝る時間になると洗濯室に犬用ベッドが用意されていて、「さあ、お休み。」って言うとわんちゃんは、洗濯室でひとりで眠るんだって。でもね。母さんの家のロビン君は、マルチーズで小さくて、母さんも大きな病気の後だった。父さんも研修医で、夜は母さんひとりのことも多かった。だからロビン君は、母さんのベッドで眠るのが当然だったんだよ。エレンさん家は家族も多いから、そうしてるって思ってた、と母さんは言ってたよ。でもね。エレンはご主人が亡くなって、老人用の家に引っ越して、ベンジーちゃんと二人暮らしになった。それからもベンジーちゃんが洗濯室で眠るのを見て、お互いのためにも、夜は別々にする方がいいって、母さんは決心していた。ロビン君の次にわんちゃんを飼う時は、別々に眠ることにしようとしていたんだよ。

日本からセントルイスへ引っ越した最初の日に、ロビン君がアメリカサイズの大きなベッドに飛び乗って、ぎっくり腰になった。その治療中に、獣医の先生から、

「絶対に、ベッドやソファに飛び上がらせないで！」

と固く言われたことや、ロビン君が寂しがって大変だったことも、母さんの決心に影響していたんだ。

ついに初めての夜がやって来た。闘いの火ぶたは切られた。母さんは、ずっといっしょにいて優しくしてくれて、僕もすっかり心を許した。でも、寝る時間が来ると僕のベッドを脱衣室に作って、

「マッ君、おやすみなさい。今日は、疲れたでしょ。ここで、ゆっくりとおやすみなさいね。」

水の容器と僕を脱衣室に入れた。えーっ！　僕ひとりで寝るの？　僕は、昨夜の小さな檻の中以外でひとりで寝たことがないんだよ。そんなにきれいでも広くもなかったけど、兄弟姉妹みんなでくっついていっしょに眠っていたんだよ。初めての場所で、ひとりで寝るなんか無理！　無理！　無理！

そうだ!!　僕には、ダルメシアンならではの特技、大きくてよく響くこの声がある。僕のご先祖は、貴族の馬車隊を守るために改良されたんだ。馬車の前を走って、狼や盗賊を見つけたら、闘うんじゃなくて大声で知らせるんだよ。そのために、速

い脚、持久力、大きな通る声もある。根性も誰にも負けない。盗賊になつかないように、ご主人と決めた人以外に心を開かないし、ちょっとしたことにも敏感に反応する。臆病者に見えるかもしれないけど、根性が入った頑固者なんだ。僕をひとりにしないでって叫ぼう。

「きゃおーおーん!!　きゃおーおーん!!　きゃおーおーん!!」

僕は、渾身の力をこめて哭き続けた。しばらくすると、父さんが見に来てくれた。心を許した母さんじゃないんだ。僕は哭き続けた。父さんは、優しく僕をなでて、

「そんなに哭くなよ。近所迷惑だよ。母さんは、そのうちきっと大丈夫になる。ここでがんばらないと、ひとり寝のできない子になるからと、布団をかぶって耐えてるよ。」

都会とちがって、おとなりまでは少し離れているけど、僕の声は遠くまで届くんだ。父さんは心配して外に出て、どのくらい外まで聞こえるか調べてる。がんばって大きな声を出した。

「かなりうるさいよ。今日は寝室で寝かせたら。」

って母さんに言ってくれた。だけど、母さんも僕と同じくらいの根性もので、

「もうすぐ疲れて寝ちゃうわよ。」
と譲らない。父さんも僕も母さんも一睡もできずに夜が明けた。

そして次の夜、同じことが繰り返されて、僕は勝利した。母さんのベッドでいっしょに眠る権利を勝ち取った。

「しょうがないわね。いっしょに寝ましょう。こんなことが毎晩続いたら、睡眠不足で、お父さんが、まいっちゃう！」

僕は、それからはずっと母さんにくっついて過ごした。家でも外でもできるだけ母さんの近くにいて、母さんを守ろうと思った。だから母さんはしょっちゅう僕にぶつかった。

「まるでＳＭＡＰの『らいおんハート』だね。あきれるほどに　そうさ　そばにいてあげる。」

って歌って笑うけど、僕は、一番の歌詞と二番の真ん中と後半も僕の気持ちだよ。母さんに僕の気持ちが伝わったのか、この曲が大好きになって、僕のテーマ曲になっちゃった。

三　不思議なサクラ

あの仔犬の話に戻そう。あれから二週間が経った。元の飼い主は、見つからなかった。母さんは、僕の先生の所に、あの仔犬を連れていき、予防接種をお願いした。

「まずは、名前を決めましょう。あと生年月日もね。今、七、八カ月のようだから、春に生まれたんだね。どうしますか？」

「そうですか。では、サクラにします。大好きな花で、子どものころから、女の赤ちゃんができたら、さくらって名前がいいなぁと思ってたし、日本の多くの人に愛されている花だから。えっと、お誕生日ですよね。女の子だから、三月三日でお願いします。」

「三月三日？　モモちゃんじゃなくて、サクラちゃんですね。」

　と先生は念押しした。

「では、サクラちゃんで、二〇〇五年（平成十七年）三月三日で良いですね。サクラちゃんは、もしかしたら、狂犬病ワクチンは受けてるかもしれないから、それは、来春にして、混合ワクチンだけ、今、打ちましょう。それからね。マックス君といっしょに飼うんだったら、避妊手術を考えて。そして、なるべく早く受けさせた方がいいと思います。サクラちゃんは、もう七、八カ月だから、もうすぐ発情期になりますし、小さい時に受けた方が、この子も負担が少ないと思いますので。」

そこで、手術を受けることになったが、先生はお年で最近手術をしてないとのことで、となりの須賀川市の先生を紹介してくださった。予約を取り、あっという間に一泊の手術が終わった。サクラは、痛かったと思うのに、元気で怒ってもいなかった。強い子だ。今まで車庫で暮らしていたサクラは、予防接種を終えたので、僕と同じ生活をするようになった。庭に入れてもらう時も、家の中に入れてもらう時も、「私が入っていいの？」って遠慮がちに母さんや父さんを見上げる。

「サクラちゃんは、うちの子になったのよ。手術痛かったでしょ。ごめんね。今まで、ひとりで、よくがんばって生きてきたね。これからは、マッ君がお兄ちゃんだから仲良くしてね。遠慮しなくていいの。お兄ちゃんと同じように、思いっきり楽しんで暮らそうね。」

と母さんは言って、僕と同じに扱った。サクラは、闘わずに寝室で寝る権利を持っちゃった。運のいいやつだな。

母さんの横は、僕の寝場所だ。譲らないぞって思ってたのに、サクラは、「私は寝室で寝られるだけで満足です。」だって。けなげなやつだな。やっぱ、かわいい❣

次の日から、僕と同じ生活が始まった。その日は、お天気も良い、いわゆる小春日和だったので、突然に母さんが、
「そうだ。来年は戌年だから、マッ君とサクラちゃんで年賀状を作ろう。」
と父さんを巻きこんでの写真撮影会が始まった。僕は、おすわりも、伏せも、待ても、お手も、おかわりも全部パーフェクトにできるのがちょっぴり自慢だった。サクラは、母さんからまだ習ってもないのに、上手におすわりして、お手までしようとしている。野良だったのに、どうしてできるんだ?! おかわりもできる!! サクラは、すごいやつかも❣ 食事の時には、おすわり、お手、おかわり、伏せをして、良しを待つ、連続技を言われなくても勝手にさっさとやるんだよ❣
何日か過ぎた日の夕方、サクラが庭のフェンスの外にいるので、びっくりした僕は、母さんを呼んで来た。

「えっ⁉　どうしてサクラちゃんが、お外にいるの？」

と言いながら、まず、サクラを捕まえに行き、サクラは、迎えに来た母さんに喜んで飛びつき、抱かれて帰ってきた。

「サクラちゃん、どこから出たの？」

と庭のすみずみまで、サクラが外に出られそうな所を捜している。僕だって、この庭からの抜け道は知らない。フェンスは僕でも飛び越えられない高さだし、大ジャンプしたら引っかかって大ケガしちゃう。僕は、見てなかった。家の中に母さんといたから。どうやって外に出ていたのかな⁈

その次の日の夕方に、またサクラがいなくなった。まずは、母さんひとりで家の周りや夕方の散歩コースを捜し回った。見つけられなかった母さんは、僕にリードを付けて、いっしょにサクラを捜そうと出かけた。

「マッ君、サクラちゃんを捜そう！　においで分かる？」

僕は、頼ってくれた母さんのために、必ずサクラを捜そうとクンクンしたら、サクラの歩いた跡が分かった。こっち、こっちと母さんを引っぱって歩き、ある家の中にサクラがいると確信した。僕は、おすわりをして、ポインターがするように、その家のサクラのいる玄関を前足で指した。

「マッ君、ここにいるのね。分かったわ。ありがとう。一度帰って、どうするかを考えましょう。」

　母さんは、僕を信用してくれていた。けれど、夜に、「うちのマックスが、サクラがここに来ていると言うんです。」と訪問するのは、言いにくくて、大急ぎでサクラの写真付きの迷子ポスターを作り、うちの住所、名前、電話番号を記入して、その家の近くに貼った。

　次の朝、電話があった。やっぱりその家の方からだったので、僕は、ほこらしげに堂々として、母さんといっしょに迎えに行った。

「おはようございます。お電話ありがとうございました。大変お世話になりました。サクラを保護していただいて感謝いたします。」

と母さんが、あいさつしてる間も、サクラは、喜んで母さんと僕にじゃれている。

「この子（僕のこと）が、昨夜、うちのサクラがおたくにいると言いますが、夜分遅くに訪問するのもためらわれ、迷子ポスターを作りました。見ていただき、ご連絡いただき感謝しております。」

すると、

「おたくは、いったいどんな飼い方をしてるんですか？　夕方遅くに、スーパーから帰っていると、リードも付いていない仔犬がトボトボと歩いていて、声をかけたら、人懐っこくしっぽを振って付いてきたんですよ。首輪は付いているけど、鑑札もないので、捨て犬かなと思って、こんなに小さな仔犬を捨てるなんてひどいこと！　と思い、うちで飼おうと思ってたんですよ。ポスターも見ましたが、きっとひどい飼い主だったんだから、返さずに飼おうと決めていたんです。でも、一度来ていただいて、しっかり注意をしようと思って連絡をしたんですが、この犬も飼い主さんを見て喜んでいるようなので、お返しします。」だってさ。

サクラのせいで、母さんが気まずい思いしてるよ。サクラ、どうして外を出歩いたのさ。サクラは、母さんと僕が迎えに来てくれて有頂天。ウキウキしながら、家に戻ってる。

でも、どうやって外に出るんだろう。その日、一日中、母さんと僕で、サクラが庭に出た時は必ず見張ることとした。夕方近く、サクラがそっと庭に出た。ちょうど父さんも帰ってきていたので、僕、母さん、そして父さんも庭に出た。ついに、僕らはサクラの脱出を目撃した。サクラは、助走をつけてフェンスに向かって飛んだ。僕だって飛び越えられないフェンスにだ⁉　サクラは、ムササビのように前足を広げ、フェンスの網にくっついた。それからがすごいんだけど、フェンスの網にくっついたまま、四本の足を動かして登っていくんだよ。そして、頭がフェンスの上にくると、体を引っぱり上げて、横向きにまたがるようにしたかと思うと自分の体重の重みで、コロンとフェンスの向こう側にわざと落っこちてしまうんだよ。体の硬い僕には考えられない。フェンスにくっつけないし、コロンと落っこちられない。フェンスの向こうは、砂利で歯科医院の駐車場、うちのフェンス沿いには、植えこみがあ

り、灌木と草が茂っている。それをクッションにして受け止めてもらって、サクラは、起き上がった。体をぶるぶるして、元気に、こちら側にいる僕たちを見ている。
父さんは、
「サクラちゃんは、すごい！」
ってのんきに言ってるけど、母さんは、
「サクラちゃん、おすわり!!　待て!!」
って言って、門を開けて飛び出していった。サクラは、おすわりをして待ってい
る。母さんは、サクラを抱いて戻ってきた。
「どうしたらサクラちゃんの脱走が防げるかしら？」と言いながら、心の中では、
「サクラちゃんは、うちがきらいなのかしら？」と悩んでいる。当のサクラは、自分
の能力がすごいんだと得意になって、僕にいばってる。母さんをあまり悩ませるな
よ。
　母さんは、サクラの脱走した時を考えて、軽い銀色メタルに、テプラで「サクラ・
（電話番号）」を記入し貼り付け、それを首輪に付けた。この迷子札がけっこう役立っ
た。それから、母さんとサクラの知恵比べが始まった。脱走を阻止するために、いろ

んな方法を考え出し、次々と試してみるが、ことごとくサクラに破られる。でもね。何だか二人とも楽しんでやっているようだった。

まずは、フェンスの支柱に棒を結び付け、何本も立てた。その棒は、フェンスの上五十センチくらいある。棒と棒の間を荷造り用のビニールひもで、まるで「あやとりのはしご」のようにした。これは、あっという間にサクラに破られた。

次に、害獣除けネットを買ってきて、フェンスの上の棒に付けた。フェンスが、五十センチほど高くなったし、上に乗っかることはできなくなったと思ったけど、サクラは、フェンスの上で、フェンスと網の間で体を丸くして、網に足が引っかからないようにした。体重を上手に使って、網とフェンスの間を広げていき、駐車場側に落っこち、脱出成功。

それからも、何だかいろんなことが次々と起こり、いろんな所から、「おたくのサクラちゃんをうちで保護しています。」って電話がかかって、母さんが飛び出していく。

ある日は、老夫婦の庭に現れ、縁側からおじゃましていた。母さんが着いた時には、ちゃっかりとちゃぶ台前におすわりして、お昼ご飯をいっしょにいただいていた。

また別の日には、近くのスーパーから電話で、「おたくのサクラちゃんがバックヤードの入り口で、ウロウロしているので、今から追っ払いますから、外で捕まえて！」と言われている。

ある時は、駅からの電話で、「おたくの犬が、駅の近くをウロウロしているので、お知らせします。」と。母さんは、すぐにお迎えに行った。そこで見たのは、女子高校生たちに囲まれて、愛嬌を振りまいているサクラだった。おすわりして、お手して、おかわりもして、女子高校生から菓子パンをいただいている。みんなから「かわいい！」「かわいい！」と言われて、サクラは大喜びしている。きっとサクラはこんなふうにして、ひとりでがんばって生きてきたんだって思ったと、母さんは家で待ってた僕に話してくれた。だから、サクラは、おすわりも、お手も、おかわりも、上手にできたんだね。生きていくための必須アイテムだったんだと僕も納得できた。

母さんは、フェンスの上をどんどん丈夫にしていくが、ついに自力での阻止をあきらめて、庭師の方に相談して、フェンスの上に竹垣を造る決心をした。それができるまで、庭に出す時は、家の犬走りに沿って、金属のロープを張り、サクラのリードを通して、庭で自由に動き回れるようにした。

その日は、僕も母さんも安心して、家の中で、のんびりと過ごしていた。しばらくして、庭に出たらサクラがいない。

「えっ!! サクラちゃんが、首輪とリードを残して、また脱走しちゃった。サクラちゃんは、頭が小さいから、首輪から頭を抜いたのね。まだそんなに時間が経ってないから。マッ君、いっしょに捜そう。この前、ちゃんと見つけてくれたから大丈夫よね。」

僕を頼ってくれたので、がぜん力がわいてきた。となりの駐車場に行って、クンクンしたら、サクラがすぐ近くにいるのが分かった。茂みの中を、「ここだよ! ここ!」ってポイントした瞬間、サクラが飛び出してきて、母さんに抱きついた。まるで「かくれんぼ」か「おにごっこ」か「陣取り」で遊んでるみたい❣ かわいい❣

母さんは、一日で犬走り沿いの金属のロープにリードでつなぐのをあきらめた。

「これ以上首輪を小さくしたら首がしまってしまうし、首輪なしでの脱走だったら、誰もうちの犬だって分からないから。」と言って、竹垣ができるまで、脱走を容認するつもりになっていた。

一週間もしないで、フェンスの上に竹垣が出来上がった。父さんも「サクラちゃんのおかげで、ついにわが家の要塞が完成したなあ。」だってさ。

サクラが加わってからの朝夕の散歩はスリルがあり、僕の知らないことを教えてくれたり、ライバル心むき出しだったりで、以前の散歩より楽しくなった。

以前の僕と母さん、父さんの散歩は、朝一時間。夕方は、母さんと三十分だった。サクラが来ても時間の長さは変わらないけどね。僕だけの時は、さっさと歩いた。父さんが自転車で僕を走らせてもくれた。僕は、ボール遊びやフリスビーをしたかった。鳥見山公園で、落っこちていたボールやフリスビーを拾って、父さんや母さんに渡した。母さんは、「マッ君、ボール（フリスビー）遊びがしたいのね。うちに前にいたロビン君は、ボール遊びがきらいだったから、犬がボール遊びが好きだって忘れてた。そうだよね。ボール遊び楽しいね。」って投げてくれた。僕は、喜んでキャッチ！

それ以来、僕用のテニスボールやフリスビーを買って来てくれて、朝の散歩の時には、ボールかフリスビーで遊ぶ時間も入れてくれた。

僕は、カッコよくキャッチして、もう一度投げてと持っていく。何度も何度も繰り返す。父さんは、「マック、すごいなぁ。フリスビー・ドッグだ。僕がもっと投げるのが上手だったら、マックは、フリスビー大会で優勝できそうなのに、ごめんな。」って、いつも言うけど、僕は、父さんだから緊張しなくて楽しめてるんだよ。サクラが加わってからもボールかフリスビーで遊ぶ時間があった。サクラに、僕のカッコいいところを見せようとがんばっていたら、なんとサクラが負けまいと走っている。サクラに気を取られているすきに、なんとサクラにボールを取られた。ボールを喜んでくわえて、投げた父さんの所に持ってっている。

「サクラ、すごいぞ！　マックにフェイントかけて、ボールを取った!!」

って興奮してる。僕の気持ちも分かってよ。母さんもニコニコしてる。

でも、僕が母さんを見ているのに気がついて、僕を抱きしめて、背中をポンポンしてくれた。背中ポンポンは、母さんが僕に、よしよしって言う時にするんだよ。サクラは、お兄ちゃんが母さんにあまえてるって顔で僕を見てる。

車に二台の自転車を積んで、少し遠くの公園まで行った時のことだけどね。その公園は、とっても広くて、ほとんど人がいなくて、簡易舗装の坂道が長く続いていた。

僕がひとりのころ、良い季節でお天気の時に、父さんと母さんは自転車に乗り、僕のリードは父さんが持って、母さんは自分だけで、思い切り走り回った。

その公園にサクラはデビューした。父さんと自転車で走るのが大好きだった僕は、こんなに速く走れるんだってところをサクラに見せたかった。ぶんぶん飛ばした。サクラと母さんチームは、ずいぶんと離された。根っからの負けずぎらいの二人は、負けまいとするんだ。でも、母さんが真剣にこぐと、サクラより速くてうまくいかない。サクラの速さにうまく合わせられない母さんは、こぐのを止めてしまった。サクラは、僕らに負けたくない一心で、一生けんめいに走っている。母さんの乗っかった自転車を引っぱっている。

父さんと僕は、ずいぶんと離れてしまったサクラたちを待つことにした。遠くの方からずんずんとサクラたちがやって来た。サクラの足から血が出てる。めったに怒らない父さんが母さんをどなって、

「何やってんだよ。サクラの足から血が出てるぞ。ちゃんとサクラに合わせてこいでやらないから。」

そして、サクラには、

「サクラ、大丈夫か？　がんばったな。足見せてごらん。足の裏がずるむけだ。母さんがひどいな。こんなになるまで、走らせたなんて。それにしても、こんなになってもがんばったんだね。」

と、車を取りにひとりで行った。僕らは、気持ちが沈んで、そこで父さんの車を待っていた。母さんは、

「サクラちゃん、ごめんね。痛いよね。母さん全然気がつかなかった。本当にごめんね。」

って、少し涙ぐんでる。

僕は、サクラと母さんに、よしよしと体を寄せて、気持ちを伝えた。僕もちょっぴり張り切りすぎたのを反省していたんだよ。

うちに帰って来て、傷の手当てをしてもらって、数日間サクラのお外の散歩はお休みになった。サクラは、まったく怒ってなくて、ただただ僕に負けたのをくやしがってる。本当に心が強い子なんだね❣

サクラは、僕より三歳半若いのに、僕よりいろんなことを知っている。僕が世間知らずの箱入りボンボンだと思ってるので、いろいろと教えてくれる。僕の生活に必要

ではないことが多いけど、サクラが得意げにしてるのがかわいくて、「そうなんだ！　知らなかった！　すごい！」って聞いてやる。イナゴ（バッタは不味いからダメ）やカエル（緑色のカエルもダメ）やザリガニ、セミ（どうしてもおなかが空いた時は、抜けがらもＯＫ）、めったになかったが、小鳥も。それらの獲り方、食べ方を教えてくれた。小鳥が獲れた時は大得意で、父さんと母さんの前に置き、おすわりしてしっぽを振る。母さんが「キャー」って叫ぶけど、サクラは、どうして叫ぶの。えらかったねって言ってよと思ってる。すごすぎるよ、サクラ❣

サクラは、頭の中に地図があって、その地図をより詳細に、より広域にしたいと思っている。だから、いろんな所に行きたがるんだよ。散歩中に、グイグイ引っぱって、田んぼや草むらや畑に入っていく。こんな時は、いつも聞き分けの良い、おとなしいサクラが変貌して、言うことを聞かなくなる。母さんが、

「サクラ、ダメ!!」

って言っても止まらないし、引く力に負けてリードを放したら、どんどん遠くに行ってしまう。

「マッ君、サクラを追っかけて！」

って言うけど、汚れるのとケガが大きらいな僕は、しりごみしてしまう。でもね。においとサクラの迷子札のチャリチャリ鳴るかすかな音で、サクラの行く先を予想できるんだ。だから、僕は、農道を通って母さんがサクラに会えるように案内する。

　毎回成功するんだけど、一回だけ、サクラがどこに行ったか分かんないことがあった。母さんも父さんも「サクラ！」「サクラ！」って叫んで捜し回った。あきらめて、帰り道に戻っていくと農道の分岐点で、お地蔵さんのように、サクラはおすわりして、ぼーっとしている。遠くから、母さんが「サクラ！」って呼ぶと、われに返ったサクラが飛ぶように走って来た。

「サクラちゃんが、いなくなって、もう会えないかと思ったよ。帰り道で、ここを通るの分かってて待ってたの？」

　すかさず父さんが、

「サクラは、すごいぞ‼　もちろん、分かってて待ってたんだよね。さすがサクラだ！」と。言うことも聞かずに自分勝手したサクラが、どうして、こんなにもえらいってなるんだろう。

　僕は、いつも言いつけを守って、いい子にして、がんばっているのに。でも、サク

ラがいなくなってよかった。僕もサクラが大好きだよ❣

もっともっと後のことだけど、僕があんまり歩けなくなったころのこと。土曜日や日曜日や祭日でお天気で、気候のいい時、僕と母さんがゆっくりと散歩して、サクラは父さんと散歩してた。母さんはサクラに、「どこまで行ってもいいよ。父さんは運動不足だから、サクラちゃんが、運動させてね。」って言って送り出すと、サクラも母さんのおすみ付きで、長い散歩に出かける。ここぞとばかりに、頭の地図の領域を広げようとがんばる。一時間以上も歩き回り、そのころサクラも少しお年でメタボだったから、時には遠くにまで行きすぎて、ばてて帰れなくなった。そんな時は、父さんが電話してきて、僕と母さんが車でレスキューに向かうんだよ。僕も窓から顔を出して捜すんだよ。へばってしまったサクラと父さんを救うんだよ。動けなくなったサクラも、僕と母さんを見るとしっぽをビュンビュン振って大喜びする。それもまたかわいい❣

そうだ。こんなこともあったよ。これは、僕もサクラも元気だったころ、母さんが友達から、「とっても広いドッグランがあって、マッ君たちを思い切り遊ばせるのに良いよ。」と聞いて、早速出かけた時のこと。そこは、郡山市と福島市の間の山の中にあって、母さんたちもあんまり知らない所だったんだけど、僕らが喜ぶと思って連れてきてくれたんだ。本当にとっても広いドッグランが二つ以上あって、一番広いドッグランに入ったんだよ。

周りをネットで覆っていて、他に誰もいなかった。僕らはリードを外してもらって、自由になったよ。僕は、父さんとボールやフリスビーで遊んでいた。サクラも最初はいっしょに遊んでいたようだった。でも、フェンスが気になったようで、フェンスに沿って、点検しながら歩いてる。フェンスの網は丈夫だったし、高さもかなり高かったので、安心してサクラの好きにさせていた。しばらくして、

「サクラちゃんが、外に出てる！」

って母さんが叫んだ。サクラは外から僕らを見て、しっぽを振ってる。そして、少し遠くに行っては、振り返り、少し行っては振り返りしている。早く追っかけて来てって感じ。母さんは、僕にリードを付けて、サクラと反対側にある出入り口に急ぐ、父さんは、サクラ近くのフェンスからサクラに話しかけている。

「サクラちゃん、車が通る道だから、気をつけるんだぞ。もうすぐ、マックと母さんが迎えに行くから、遠くに行くなよ。」

サクラは、おにごっこしてるみたいに、僕らが来るのを楽しんでいる。最後は、母さんに飛びついて、おしまい。サクラにもリードを付けて、どこから脱出したかを検証すると、フェンスのすみに、野生動物がかじって開けたような穴発見！　よくこんなとこ見つけられたね❣

サクラが来てからはいろいろあったけど、僕が一番ショックを受けたのは、すき焼き鍋事件だ。うちのすき焼きは関西風で、砂糖と醤油で味付ける。すき焼きの時は、味を付ける前に、僕らのお肉を鉄のすき焼き鍋でジュウと焼いてくれる。僕らはこれが大好きで、すき焼きは、大イベントだ！　そして翌日、母さんは、肉の旨味が残った出汁に、うどん、お肉、野菜、卵を入れて、お昼に必ず食べる。だから、すき焼きの後は、夜から次の昼まで、いいにおいが漂っている。でもね。最初のお肉以外は僕らは食べられないんだよ。味が濃いし、ねぎなんかが入ってて、僕らの体には悪いんだって。そしてついにその日がやって来た。

母さんは、午前中、となりにあるクリニックで仕事をしていたんだ。サクラが来て、僕に、「お肉おいしかったね。まだあの鍋の中にあるのかなあ。とっても良いにおいだよ。ちょっと見てみない。」

と言いながら、椅子の上からカウンターテーブルに上がっていく。台所は、システムキッチンでコの字型になっている。コの字の縦短い部分がコンロ台、それに直角につながる低めのカウンターテーブルで、母さんたちは、普通は食事するんだ。クリスマス、お正月、お客さんが来た時には、となりのダイニングルームを使うんだよ。サクラは、今、普通に食事するカウンターテーブルの上にいる。そして、鼻と前足で器用にすき焼き鍋のふたをどけた。僕は「サクラ、ダメだ！」と言ったんだけど、お兄ちゃんは食べたくないのって、僕をじっと見てる。僕だって見てみたいし、食べてみたいけど。サクラは、僕の本心を見抜いたように、鍋の中身をペロペロした。そして、お兄ちゃんにもあげるって、コンロ台の上の鉄鍋を鼻と前足でグイグイ押した。鉄鍋は、まっすぐに落下し、中身がこぼれることもなく着地した。僕も誘惑に負けてペロペロしたけど、そんなに残ってなかったよ。サクラは、何にもなかったかのようにテーブルから下りて、どこかに行っちゃった。僕は、大変なことをしてしまったという気持ちで、そこから動けなかった。母さんが帰って来た。

「マッ君、そのすき焼き鍋どうしたの？　えっ、全部食べちゃったの？　どうやってコンロ台から下ろしたの？」

って言いながら、僕の口のにおいをかいだ。僕は、怖くなって腰が抜けてしまった。僕の前足二本を持って、立たせてコンロ台から鍋が下ろせるか検証している。

「こんなに重い鉄鍋をくわえて下ろすのは、いくら歯の丈夫なマッ君でも無理ね。」

って言ったので、少し気が楽になった。サクラは、扉の向こうでおすわりして、こちらを見ている。母さんは、サクラの口のにおいもかいで、

「二人で食べたのね。これは、味が濃くて体に悪いって言ってたでしょ。ダメだよ。食べちゃあ。そんなに量も残ってなかったから、大丈夫だと思うけど、今後は、絶対に食べちゃダメよ‼」

僕が腰が抜けるほどだったのを見て、サクラも反省したようで、それからは一度もカウンターテーブルに上がることはなかった。サクラは、カウンターテーブルに上がったところを今後見られたら、このすき焼き鍋事件の真相がばれてしまうと思ったからだそうだ。賢すぎるよ❣　「犬の腰が抜けるとこを初めて見た。」って喜んでる。なんてやつだ⁉　サクラがやったことなのに。

第二章　僕らの日々

一　僕らの町　鏡石

僕らが住んでる町を紹介したいな。鏡石町は、日本の東北地方の福島県の真ん中より少し南にあるんだよ。須賀川市に三方を囲まれて、郡山市と白河市の間。東北本線の駅、東北自動車道のパーキングエリアにスマートインターもある。福島空港までは、車で十五分ほど。面積三十一・三平方キロメートルの小さな町で、人口は一万二千人より少し多いんだ。第一級河川の阿武隈川と釈迦堂川に囲まれた標高二百八十メートルの台地で、東に阿武隈山地、西に那須連山を遠くに望める。明治時代の初めのころに、明治天皇がこの地の開墾を命じた。

オランダから乳牛（ホルスタイン種）十三頭を輸入した。官営でつくられた岩瀬牧場（日本で古い西洋式牧場で、文部省唱歌『牧場の朝』のモデル）がある。その当時、新鮮な牛乳を、後の大正天皇のために、毎日、鉄道を使って東京に運んでいたって、母さんが言ってた。だから、ずっと昔には東北本線の特急列車も停まってた。駅を母さんが初めて見た時、駅から放射状に延びる道と区画の意外に広い家々を見て、「まるで田園調布三丁目みたい！」って言った。父さんは、「それはかなりひいき目に見すぎだな」と。

　母さんは、町の視察研修旅行で、オランダに行って、初めてオランダから日本へ送った乳牛の戸籍？（血統書？）を現地の資料館で見て、それが岩瀬牧場の最初の牛だったんだってさ。父さんのお母さんの親せきが、いつか知らないけど、牧場長をやってたんだ。父さんも小さなころ遊びに来て、サイドカー付きのバイクで、父さんが生まれ育った郡山まで送ってもらったことがあるらしい。そのころ、親せきは、牧場の牛乳を郡山で売ってたそうだよ。父さんのお母さんは、鏡石町は、天皇陛下が選んだ土地で、福島県は岩代の国と呼ばれる地盤の強い土地だから、天災が少ないんだと言ってたそうだよ。

　母さんは、自分のご先祖に鏡石が関係しているかもしれないって言ってるんだ。この町に、鏡沼があって、松尾芭蕉が「奥の細道」の旅をした時、ここを訪れた。鎌倉時代「和田義盛の乱」で破れて、和田の一族郎党は散り散りになったんだよ。若武者だった和田平太胤長は奥州岩瀬に流された。妻の天留が、夫を追って、ようやく鏡石に着いた時、夫の非業の死を知り、沼に身を投げたんだ。胸に抱いていた鏡は、今でも水底から哀しげな輝きを放ち続けていると言われている。その伝説から、「物影(蜃気楼)」伝説になった。それを見るために、松尾芭蕉はこの地を訪れたが、あいにく曇り空で見えなかったと「鏡沼跡」の案内板にも書かれている。

　母さんの結婚前の姓は、和田で、母さんのおじいさんは、四国の愛媛県の出身だった。母さんが幼いころ、おじいさんと日土って所にお墓参りに行った。その時、ご先祖さまのお墓の一つが和田義盛だったと記憶しているらしい。その時に「和田義盛の乱」の話を聞いて、その乱で逃げ延びた一族の末裔だと思って生きてきたんだ。だから、鏡沼の伝説を知った時に、母さんのお母さんに知らせて、二人でお参りしたんだって。本当かなあ⁉

　僕らの朝夕の散歩は、町中を歩き回る。ここはケビン君ち。ここは太郎君宅。ここはジュリちゃんち。ここはおっきなわんちゃんち。ここは、もっくん宅。ここにはゴールデン。ここはシュナウザー。ここには、かわいいフレンチブルドッグ?パグ?

……ってサクラの地図をうめていく。

朝七時には、「セブン、セブン、セブン……」ってウルトラセブンのメロディー、夕方五時には『牧場の朝』のメロディーが流れるんだよ。ウルトラマンのメロディーが流れるのは、円谷英二がおとなりの須賀川で生まれたからなんだって。七時とかけてるんだね。

朝の散歩は、鳥見山公園（中には、鏡石神社、桜、チューリップ、アヤメなど様々な植物のあるきちんと整備された庭園、陸上競技場、テニスコート、野球場、体育館、屋内プールなど）、岩瀬牧場の周り、その間にある水田地帯。ここには、母さんがミニミニローマの水道橋って言ってる田んぼに水を送るために、羽鳥湖から引いてきた水の通るコンクリートでできたものがある。家から鳥見山公園までの道は整備されていて、ちゃんと広い歩道があり、いろんな桜が植えられている。それに沿って、水路があり、水田に水が必要な時期だけ、羽鳥湖からのきれいな水が流れるんだ。その水は、ミニミニ水道橋にも続き、田畑を潤す。

時には、朝の散歩でも車で行くこともあるよ。空港の周りのいろんな公園は、どれも広くて、よく整備されているのに、自然がいっぱいあるんだよ。僕が生まれたころ、「うつくしま未来博」をした後の公園、ここで、サクラの足のずるむけ事件があったんだ。福島空港公園には、とっても広い日本庭園があるし、緑のスポーツエリア、野外活動エリア、フロントエリアとそれぞれ別の場所に大きな公園があるんだよ。そしてそこには、いろんな野鳥、昆虫がいるんだ。また、町内の高野池には、冬には、白鳥や鴨が来るよ。

休みの日には、もっと遠くへ車で出かけることもあるんだよ。猪苗代湖、裏磐梯、羽鳥湖、甲子高原、塔のへつり、大内宿、会津若松、いわきの海水浴場、いろんなスキー場、本当に美しい福島の自然を楽しんだ❣　一番遠くに行ったのは、新潟の夏の海だったけどね❣

二　僕らの一年

年の初め。初日の出は七時過ぎだから、お天気の良い元日は、七時前に家を出る。踏み切りを渡って、右に曲がり、畑の中の道を南へと歩く。東の方が開けてきて、鳥見山公園の方からのご来光が美しい。または、近くの交差点の信号を左に行った先にあるスーパーの駐車場からも阿武隈山地からのご来光が拝める。とっても寒く冷えこんだ朝は、日の出の時にサンピラー（太陽柱）が見える。

そんな朝は、走る電車のパンタグラフがビシビシと音を立てて、青白く光るんだよ。いつでも踏み切りには、貨物列車の「金太郎」がたくさんのコンテナ車を引っぱってやって来る。運が良ければ、寝台特急のカシオペアや北斗星が東京を目指しているのにも会えるよ。

また、道路に少し水分があって冷えこむと早朝に、アスファルト舗装の上に白い花の模様がたくさん現れる。霜の朝は、全ての草が砂糖菓子になる。十五日くらいになると、土の中から、いろんな球根の芽が伸びてくる。そして、福寿草の黄色い芽を見つけると春の予感!!　夜は星がきれいに輝く。真上に北極星、スバル、オリオン、冬の大三角形。二十日過ぎ、福寿草のつぼみが大きくなって、南向きの所では、咲いたものもあり、グループで競い合っている。雪が降ると雪の下で耐えて、雪が溶けると花開く。椿、蠟梅も咲いてきた。

二月になるとすぐに、東向きの植えこみの福寿草も咲いた。節分は、父さんが豆をまき、僕とサクラが争うように拾って食べる。節分を過ぎると雨。春雨。春一番。朝の光も春めいてくるけど、突然、最低気温が下がって、マイナス十五度。本当⁉　極寒の朝。僕らの朝の散歩の時、吹雪いて目も開けられなくなり、父さんが、

「まるで、八甲田の死の行軍だ。」

なんて言ってるけど、本当に家まで帰りつけるかと心配だった。

青空になると粉雪が舞って、朝日でダイヤモンドダストのようにキラキラ。僕の町の上空に強い寒気があって、太平洋沿岸を通って関東地方に大雪を降らせる『南岸低気圧』が来ると、雪がふんわり積もる。その雪の中に平たい雪の結晶があり、それが積もるので、表面の所々に〝雲母〟のようなキラキラが見える。降る雪もキラキラと光りながら落ちてゆく。太陽が昇ると、五センチほど積もっていた雪がすっかり溶けた。日陰や土の上には残っているけど。立春後の少し暖かな朝、キジバトのペアが、体を寄せて頭を互いのくちばしでくっつけていて、二羽の間の空間の形が、ハート型になってる。小鳥たちもペアになって、恋の季節、もうすぐバレンタインデー。下旬になると、庭の梅が一輪咲いた。月末の朝の散歩の帰り、白鳥がクアクアと編隊を組んで飛んでいく。練習なの？　北帰行なの？

三月、サクラの月になると、道端に草の花、オオイヌノフグリ、ホトケノザ、ニガナ、ハコベ……。

三日は、ひな祭り。サクラの誕生日。椿の横の馬酔木に花がたくさん付いている。侘助もきれい。朝もや、朝霧。クロッカス、ヒヤシンス、スイセンも伸びて花芽が、もうすぐ開くね。日の出は六時ごろになってきたけど、朝、東の方に雲があったり、雨だったり、冬の青空がなくなった。でも、突然の雪、朝積もっていたのに、道路はすぐに溶け、昼には全て溶けた。

中旬ごろ、水たまりに氷！　でも、ヒヤシンス、ムスカリ、ラッパスイセン、レンギョウが咲いてた。下旬になると、もうすぐ桜、つぼみがピンクに。ウグイスの声を聞く。朝、雪。屋根に積もる。

四月の初めにも、朝、雪の日もある。サンシュユ、ヤシオツツジが咲いてきた。西光寺というお寺のしだれ桜が開花。桜の季節が始まる。桜の時は、いつも桜とサクラの撮影会。サクラが動くので、なかなか大変なんだよ。となりのソメイヨシノの大木が開花し、満開に近づくと小鳥が集まって花の蜜を取り、桜の花がガクごとぼとぼとと落ちてくる。梅は終わり、椿はまだ美しい。侘助も今が盛り。庭でスミレが咲いているのを見つけた。となりの空き地にツクシがたくさん。ナズナ、キュウリグサ、キク科の雑草。ウグイスの鳴き声、家のすぐ近くで鳴いている。雲雀が飛び上がりながらさえずる、揚げ雲雀。チューリップも色づいてきた。

半ばになると、となりのソメイヨシノは、はらはらと散り始め、となりの歯科医院の駐車場も僕の庭も薄ピンク色の雪が降り積もる。裏の山桜の大木が美しくなって。鳥見山公園までの道はいろんな桜の木が並んでいるから、しだれ桜は様々で終わった

ものも咲いているものもある。八重椿がまだ美しく、ドウダンツツジ、コブシ、芝桜、道端のタンポポが大きくなって、庭では、母さんの好きな濃い色のスミレが咲き、ぼんぼりのような遅咲きの桜が散り始めた。リンゴの花も美しい。月末近くにハナミズキが咲いた。アヤメも咲き始め、六月には、あやめ祭り。ツバメのつがいが、民家の軒下で巣作りの場所を探してる。真っ赤なポピーも咲いている。

　五月、朝の散歩、ウグイスが上手にさえずり続けている。ツバメが飛び、様々な鳥の声。母さんが大好きな家のモッコウバラが、今朝咲いた。先に咲く黄色のモッコウバラは、クリニックと薬局の間のフェンスに絡んでいる。患者さんで花の好きな方には、挿し木で増えますよなんて言ってたら、散歩で見かけるモッコウバラがどれも黄色で、もしかしたら、みんな兄弟？　周りを見ると、ボタン、シャクナゲ、ツツジ、藤、木蓮、ライラックも花盛り。朝の散歩の途中で路肩にウズラの卵くらいの薄い青緑の卵が先が少し壊れて空っぽになって落ちていた。鳥の世界も大変!!　なんだね。

　そう言えば、サクラが、小鳥のヒナの死んだのを得意げに持ってきたのも五月ごろだったよね。田んぼに水が入り、田植え。このころの田んぼの景色を見ると、母さん

は、
「ウユニ塩湖まで行かなくても、こんなに日の出、夕陽、日中でも、空が映って美しい‼」って叫ぶんだよ。少し遅れて出窓の周りの白のモッコウバラが咲く。本当に美しい。枝によっては、ピンクがあったり、白に赤の線が入ったのがあったりするんだよ。僕が来たころは、バラ好きの母さんは、オールドイングリッシュローズなどを植えていて、「このバラは、香水を取ったりするバラなのよ。いい香りでしょ」っていばってた。となりのクリニックの建物が、少し大きくなって、バラの所の日当たりが悪くなってダメになってしまったんだ。残念だったね、母さん❣

六月になるころ、シャクヤクが咲き始めた。このころからは、僕らの朝の散歩の時間が早くなる。五時に起きて出発する。五時過ぎには、もうカッコウが鳴いている。よく響く鳴き声だね。ウグイスも、毎朝、上手にさえずっている。キジも見かけるよ。キジを見つけるのはサクラが大得意で、追い立てては僕にいばってる。本当に気持ちのいい散歩。

でもね。中旬過ぎると、雨の日が多くなるから、雨の日散歩は、町中のアスファルト舗装の道を歩く。様々な家の様々な犬たちに会うことが多くなる。サクラは、町中の地図をうめるため、喜んであちこちの道を通ろうとするんだよ。まだサクラがいなかったころだけど、一度だけ庭で、この町にいないはずのホタルを見つけたよ。紫陽花は、活き活きとしてくるね。

七月は、父さんの月だけど、月の初めは大雨が多くて、あまり散歩を楽しめない。晴れた時に鳥見山公園の方に向かって歩いていくと、ウグイスの谷渡りの声が聴けるよ。白鷺や青鷺が来ていたりする。梅雨が明けると、父さんの誕生日、それを過ぎるとミンミンゼミが鳴き始め、暑い日が続くよね。だから、早起きして五時から散歩だよ。稲やトウモロコシがグングン育っているよ。裏磐梯に行った時、アサギマダラっていう、きれいな蝶々を見たよ。蝶々が大きらいな母さんも、近づいて観察してたね❣

八月は、僕の月。この月になると、散歩中に稲の花の良い香りがする。稲の花の香りは、ご飯が炊きあがった時の香りに似ているよ。虫の音は、お盆前から聞こえるよ。セミは、ミンミンゼミ↓アブラゼミ↓ニイニイゼミ↓ヒグラシ↓ツクツクボウシって代わっていく。僕の誕生日は十五日で、お盆で終戦記念日だから、厳かな祈りの日。

夏、僕らは泳ぎに行く。ここに来て最初の夏、父さんと母さんは僕を泳がせたくて、西郷の雪割橋から入った渓谷に連れていってくれた。遊歩道から、川のプールのようになった所まで降りるんだけど、僕は、泥んこもケガもきらいだから、足がすくんでしまった。父さんが僕をおぶって川に降りた。大きな岩でせき止められたような川は、泳ぎの練習にちょうどいいプールだった。最初は、おっかなびっくりだったけど、泳げるようになり、母さんは大喜びで、「マッ君、すごい！　上手になったね。」って言ってくれた。帰り道、また父さんがおぶって坂を登った。このおかげで、僕は、水泳が大得意になった。

次の夏、いわきの海に行ったけど、あんなに大きな波でも全然平気で、流れ着いていた棒切れを母さんが投げてくれて、僕は海に飛びこんで取って来られたよ。何度もね。

サクラが来て最初の夏、猪苗代湖に、親せきの人たちと出かけた。泳ぎの得意な僕は、いろんな物を投げてもらって、泳いで取りに行く遊びをしていたんだ。サクラが、私だってできるって、僕が取りに行くのを真似して泳いでいるから、親せきの娘さんが、「サクラちゃん、これを取って来て。」と履いていたビーチサンダルを投げた。サクラは、元気よく水に入って泳ぎだした。サクラは泳げたんだけど、水に浮いているのをくわえたことがなかった。くわえようとした瞬間、口に水が入って、くわえられず、おぼれそうになっている。母さんがそれを見つけて、水着も着てないのに湖に入った。サクラを抱っこして、ビーチサンダルに手を伸ばした。

「私の足が届く深さで良かった。サクラちゃん、びっくりしたでしょ。でも、もう大丈夫だよ。」

って言って、岸に向かって歩いて来る。良かった、二人とも無事で。サクラ、お前は、僕より未熟だ❣

僕のもう一つの大事件「マッ君宅殺人（?）事件」も夏に起こった。サクラが来る前の夏だった。母さんは大の花火好き。一歳になる前から打ち上げ花火を間近で見ていたと自慢だ。鏡石に来てからは、欠かさず須賀川の全国花火師競技会を見に行ってる。この大会では尺玉で競い合うらしく、大会花火として二尺玉（直径五百メートルの花火）が上がったこともあるんだよ。この事件のころは、行きつけのビール付き特別席を毎年予約し、いろいろなお友達を招いて楽しんでいた。その夏の花火大会の日、ひどい夕立があったけど、花火大会は行われた。母さんと父さんは、

「マッ君、花火大会に行ってくるから、しっかり留守番しててね。」

って言って出かけた。

それなのに、数分後、母さんが血相を変えて戻ってきて、何かを持って、僕に目も合わさず、話しかけもせず飛び出して行ってしまった。僕は、ただならぬ母さんの気配から不安ばかりが募ってきた。母さんを助けなくちゃ！　でも、全部にカギがかかっていて、どこからも出られない。

そうだ！　寝室の大きな窓から、直接外に出られる！　あの窓のカギを開けよう！　母さんが開けるのをいつも見てるから、ここに前足を引っかけて、下に下げたらいいんだ！　難しいなあ！　がんばろう！　母さんが、大変なんだから、僕が助けに行かないといけない！

何度も、何度もがんばった。前足は、傷で血だらけになったけど、やっとカギが開いた！　次は、窓を横にすべらせて、でもなかなか難しい。やっと、ここもクリ

ア！　外に出た！　出かける時に使う車を見てみよう！　立ち上がって、中をのぞきこもう！　いない！　どこだ？　車で出かけてないってことは、この近く！　そうだ！　走り回って捜そう！　夕方の散歩コースににおいがある！　でも、それは、今日、さっき連れてってくれたからで、今じゃない！　どこにいるの？　もしかしたら、もう家に帰ってるかもしれない！　やっぱ、家に帰って待とう！　絶対に帰ってきてくれるから！　と、家に戻った。

するとと、警察官が、家の中を懐中電灯で照らして、「寝室の窓が開けられてます。どなたかいますか？　えっ、窓ガラスに血が付いてる。車のドアにも血が付いてる。」と言いながら、「おじゃまします。殺人事件かもしれないので。」と入って来た。

僕は、知らない人なので、怖くてすみっこに下がった。家の中を簡単に見て歩き、「大丈夫そうだ。」と寝室の窓を閉めて帰っていった。ずいぶんと経ってから、母さんたちが帰って来た。良かった。無事で。何にも知らない母さんたちが事件（？）のことを知ったのは、翌日だった。ご近所の方が、母さんに昨夜の警察沙汰を知らせてくれた。

「おたくの賢いマックス君が、家の周りをビュンビュン走り回っていて、血が付いていたので、交番に連絡して、見に来てもらったんです。窓が開いていて、窓と車に血が付いて、殺人事件かと心配したらしいんです。中も見たようだけど、大丈夫そうだから、窓を閉めて帰ったんですよ。マックス君は、家に戻っていて、おとなしくしていたそうです。」だって。

母さんはご近所の方にお礼をして、交番にも菓子折り持って謝りに行ったんだ。お菓子は受け取ってくれなかった、だってさ。

母さんは、僕に、

「マッ君、心配かけてごめんね。昨日、花火大会で、お友達の席も取ってたの。ところが、あのすごい夕立で、東北本線が不通になって、でも、花火大会はあるって言うでしょ。だから、タクシーで行くことにしたんだけど、そんなにお金を持ってなくて、タクシーを待たせて、お金を取りに来たの。タクシーが待ってたので、マッ君と話もしなかったから、心配したんだね。本当にごめんね。でも、窓のカギ開けられて、車までのぞいてくれたんだね。なんてすごいんだろう。マッ君は、天才だね。」って言ってくれたけど、本当に心配で心配でたまらなかったんだ。

夏の話は、たくさんある。夏には、遠出もするからね。夏のスキー場でも、二つエピソードがある。

一つ目は、だあれもいないスキー場で、思い切り僕らを走らせてくれるために出かけた時のこと、サクラが来てそんなに経ってないころで、もしかしたら、サクラがどっかに行ってしまうかもって、まだ疑っていたから、「そうだ。サクラとマッ君をつないだら、マッ君は、絶対によそに行かないから大丈夫じゃないかな。」ということになり、僕とサクラのリードを結んで、手を離した。

そして、母さんが、ゲレンデの下に行き、僕を呼んだ。呼ばれた僕は、一目散に母さんの所を目指した。サクラのことは忘れて、ただただ母さんを見ていた。サクラの走る速度は、僕とそんなに変わらないけど、いろんなものに興味があって、母さんだけを目標にできない。だから、僕がサクラを引っぱって、サクラはぐるんぐるんと転がり始めた。さあ大変！「マッ君、ストップ!!」って言って、母さんが駆け上がって来る。僕も止まりたいけど、坂がけっこうきつくて、すぐに止まれない。父さんは、上から下ってくるけど、とっても遅い。みんな大あわてで、「ストップ!! ストップ!!」の声が響く。

結局、僕が止まれて、サクラもケガがなくて、母さんが泣いて、父さんがやっと追

いついて、全てが終わった。それからは、二度と僕らだけをつなぐことはなかった。みんな無事でよかった❣

二つ目のエピソードは、別のスキー場の近くの川で、水遊びをして、そろそろ車に帰ろうとみんなでいっしょに歩いていた。切り株があって、何か音がする。僕は、切り株をのぞきに行った。すると、大きな蜂が、飛び出してきた。母さんが気づいて、

「マッ君、急いで!! みんな早く車に乗って!!」

って言って、みんなで走りだした。車は、すぐ近くだったので、みんなで飛び乗ってドアを閉めたと同時に、大きな蜂の大群がやって来て、車のフロントガラスや窓にビシビシぶつかる。もう少し車が遠くに停まっていたら、明日の朝刊に、蜂に襲われ、大人二人と愛犬二ひきが死亡ってことになってたかもね。蜂は怖い!! 生きてて良かった❣

九月は、母さんの月。朝夕は、涼しくなって、朝の散歩の時間が六時四十分からになる。なぜって、母さんの日課のテレビ体操が六時二十五分から三十五分まであるか

らだよ。虫の音は騒がしいよ。萩の花が生い茂り、ムラサキシキブの実が紫色に色づいて、飼料用のトウモロコシが刈り取られ、きれいにパッキングされ、赤トンボが飛び始める。時々、台風もやって来る。

　母さんの誕生日。九州に住んでいた母さんのお母さんは、予定日が十月だったのに、里帰り出産の荷造りと台風で交通機関が運休したショックが影響して、一カ月も早く母さんを産んだ。生まれた日は、もちろん台風で、名前を付ける「お七夜」にも台風がやって来た。その台風は、強烈だったそうで、高潮・高波で、道路が冠水した。生まれて七日目の赤ん坊だった母さんは、ボートで避難させられたんだって。それからは、母さんの人生の大切な時に台風がやって来ると親類のウワサで、「台風娘」って言われてたらしい。母さんは、「きっと死ぬ時も台風かもね。」って言って笑っている。

　母さんの日が過ぎ、お彼岸が近づくとちゃんと彼岸花が農道のあちこちに咲く。このごろは、白い彼岸花も見かけるね。金木犀の良い香りが、町中に漂う。サフラン、コスモス、キバナコスモス。ススキは赤い穂を出すんだ。空も真っ青になり、風も心地よい。僕の大好きな季節❣　お月見・中秋の名月❣

十月になると、稲刈りが始まり、焼いたにおいが漂っている。まだ朝顔がきれいに咲いている。鏡石の大イベント、オランダ祭り。僕の来る前、オランダからダンサーを招いて、うちにも二人がホームステイしたんだって。男の人も女の人もとっても背が高くて、お布団から足が出たってさ。

シュウメイ菊、都忘れ、ホトトギスが咲いて、ススキは、白くなってきた。リンゴが実り、マツタケをはじめ、様々なキノコ。秋晴れ、朝もや。半ばになると、町中のハナミズキが紅葉し、赤い実をつける。モミジ、ツツジ、桜も紅葉し始める。猪苗代湖に白鳥飛来のニュース。下旬には、稲刈りも終わり、朝霧。

いつだったかはっきり覚えてないんだけど、その日は、母さんと僕だけの朝の散歩だった。サクラの来る前だね。駅の近くの空き地で仔猫のにおいがしたんだ。草むらの中をのぞこうとしたら、親猫が僕の目に向かって飛びかかってきたんだよ。とっさに母さんが僕の顔の前に左足を出した。親猫は母さんの足に飛びついて爪を立て、かみついた。ジーンズの上からだったのに、爪も歯も母さんの足にくいこんだ。母さんが足を振ってやっと離れたけど、まだ僕をねらってる。やっとのことで逃げ出して遠

くから草むらを見たら、やっぱり仔猫がいたんだよ。母は強し!!　僕の母も含めてね❣

　十一月になると、どこもかしこも紅葉。きれい❣　きれい❣　きれい❣　だけど、何だかさみしい❣　岩瀬牧場付近のポプラ並木も銀杏も色づいてフィナーレを飾る。半ばには初霜。芝生に落ち葉が色を添える。このころ、空港の近くの公園で、僕は初めて見たんだ、百舌鳥の「はやにえ」を。ちっちゃい枝に、干からびかけたちっちゃいトカゲが突き刺さってたんだ。母さんを「何?」って顔で見上げたら、「マッ君、これはね。百舌鳥って小鳥が餌を取っておくためなのよ。」って教えてくれた。早い年だと、月末に初雪。土の上、葉の上、屋根にうっすらと積もる。もう、冬!!

　十二月は、クリスマス。町中は、電飾で飾りつけられている。サザンカが咲き、冷えこんだ朝は、会津で雪。ここも粉雪がぱらり。そんな日の日の出の少し前、真上の雪雲と西の雪雲に、まだ出ていない朝日が当たると町全体がピンク色に染まって幻想的で美しい。霜が枯れ草や草の上にしっかり降りて、それは、まるで雪。そんな朝は、列車のパンタグラフがやっぱり水色に光る。家の中では、床暖房が入って、あっ

たかで気持ちいい❣

三　ジョン君が来た

二〇〇八年十一月、母さんが別府から戻ってきた。シェトランド・シープドッグのジョン君を迎えに行って来たんだよ。ジョン君は初めて飛行機に乗って、大分空港から大阪伊丹空港、そこで乗り換えて福島空港に着いた。父さんが迎えに行って、そしてわが家へ到着した。

ジョン君は一九九六年の生まれだから、僕より五歳先輩で、十二歳。

母さんのお父さんが亡くなって、母さんのお母さんがひとりで暮らすことになった。母さんは、「相棒兼番犬で犬を飼ったら？　どんな犬がいい？」ってお母さんに聞いた。その結果、中型犬で賢いと言われているシェトランド・シープドッグをプレゼントしたんだって。

ジョン君は茶系じゃなくて、グレー系のブルーマールなんだよ。そのころ、母さんは別府の病院の仕事を少しだけ手伝っていて、月に一度一週間ほど行ってたんだよ。

だから、ジョン君も母さんが大好きだったんだ。予防接種などで獣医さんに連れていくのは、母さんの係だったのにね。獣医さんに出かけるのがきらいなジョン君は、行くのが分かるんだって、お仕事に行く時は履物がちがうし、お散歩の時は車のカギを持たないって。だから、獣医さんとこに行く時は、知恵比べで、履物を変えてジョン君を呼ぶか、車のカギを持たずにジョン君を呼んでたって。

それともう一つ、ジョン君はひとり寝ができるんだ。玄関近くの自分の寝床で寝るんだよ。母さんが別府の家へ行った時も、絶対に母さんが寝る二階に行かないし、一階の奥にある母さんのお母さんが寝る和室にも入らない。僕らだって、呼ばれない限り二階へは行かないし、良いって言われない限り和室にも入らないけどね。

ジョン君は思慮深く本当に賢くて、

母さんとも、とっても良い関係だった。母さんのお母さんが、二〇〇〇年に亡くなってしまった。その出棺の時に玄関でジョン君は、亡くなったって理解してるかのように、しっかりとお見送りしたんだって。その後、母さんの弟さんとその息子さんとジョン君が、その別府の家でいっしょに暮らしていたんだよ。母さんは、別府の病院が弟さんの代になった時も、少しの間、別府でのお仕事をしてたんだけど、少しずつ縮小していったんだ。だから、ジョン君と会う機会も少なくなっていった。

　でも、この年の秋から、弟さんがとなりのクリニックで働くようになったので、ジョン君もこっちにやって来たんだよ。

　僕は、先輩ジョン君をわが家の犬順位の一番にと思ってたんだ。もうお年で、もひとつ元気のないジョン君のことをサクラは、自分よりも下に決まってるって思ってたんだよ。だから、僕に「どうしてジョン君を一番にするの？」って、しつこく聞くんだ。でも、ジョン君の威厳に満ちた風格が、どうしても僕より上になってもらいたいと思わせたんだ。僕がジョン君を敬ってるので、サクラは、しぶしぶ従った。一番下からの脱却ができず、残念だったね❣

　ジョン君は、ここに僕らがいて、いっしょに暮らすって思ってなかった。いろんなことがあって、苦労したジョン君は年のわりには老けていた。サクラの言うように、体調もあまり良くはないようだ。ここで母さんとゆっくりと暮らせると思ってたんだ。だから、僕らにすごく恐縮した。母さんはいつもの調子で、「ジョン君、ここがジョン君のおうちよ。これがマッ君で、こっちはサクラ。二人とも良い子だから、仲良くしてね。」そして僕らに「ジョン君です。君たちの先輩。とっても賢いんだよ。仲良くね。」ってさ。

　ジョン君は、お湯できれいにしてもらって、ディナー・タイム。その後、みんなでいっしょに散歩。ジョン君の歩く速度が遅くって、サクラが文句言ってるんだけど、お年なんだからしょうがないんだよ。父さんがサクラの文句に気づいて、僕らを町中へ連れていってくれた。母さんとジョン君は、ゆっくりとクリニックの駐車場を散歩した。

　ベッドタイムになり、僕は母さんと、サクラは父さんの足元で、そして、ジョン君は寝室の入り口近くの自分の寝床で眠った。でも、すぐに、父さんは、「遠くから来て、きっと心細いにちがいない。」と、ジョン君の横に布団敷いて眠ったんだよ。僕だけは、父さんの優しさをちゃんと知っているよ。

次の朝は、お天気も良く、僕らは車で鳥見山公園に行った。サクラは、車でお出かけだから、もっと遠くの公園だと思って喜んでいたんだけど、あいにく、いつも歩いていく公園だったので、残念がってる。父さんは、僕らを公園だけでなく、外の田んぼ、そう、母さんが言う「ミニミニ水道橋」の方まで連れていってくれた。母さんとジョン君も今朝はゆっくりだけどがんばって歩いてる。ジョン君もここが気に入ったからかなあ。

「ジョン、あんまり無理しないでね。少し休みましょう。もっとゆっくりでいいのよ。」

と母さんがジョン君に話しかけたけど、ジョン君は少し意地を張ってるように見えた。

そして、散歩の後、朝ご飯の時、母さんがジョン君の口の中に血が出てて、舌に何かができてるのに気がついた。父さんに診てもらったら、父さんもびっくりして、すぐに、獣医さんの所にって。手術の必要があるかもしれないので、となり街の先生の所に電話して、母さんと車でジョン君を連れていった。ジョン君は、すぐに入院となった。

　となり街の先生が言うには、かなり貧血がひどく、ずいぶん前から出血してたと思うって。人間だったら輸血があるんだけど、犬の血液型は複雑で、結局輸血は断念せざるをえなかった。舌がんの手術もできず、ここのうちに生きて帰ることもないままに死んでしまった。ジョン君、僕らがいるから母さんは大丈夫って思ってたんだね。

　ここに来る前の数日間、ひとりで別府の家を守ってたジョン君、知り合いの人がご飯をあげてたそうだけど、あのまま別府にいたら、ひとりで死んでたね。きっと希望を失くして、自暴自棄になったんだね。母さんは、ジョン君が、ひとりで別府の家に残ってるって聞いてなかった。知ったとたんに、「ジョン君がひとりぼっちでかわいそう。どうして早く教えてくれなかったの」って弟さんに詰め寄って、急いで迎えに行ったんだよ。

　弟さんは、息子さんが大学生になって家を出てからは、玄関ポーチの屋根の下に小屋を作った。お仕事をしてる昼間は、そこでジョン君を生活させていた。ジョン君は庭師で営繕係をしていた方に日中は付いて回ってた。そして、ジョン君はかなり弱ってた。

こっちの福島の家には、僕らがいるのを知ってたから、遠慮してその人にジョン君のお世話をお願いして置いてきたんだそうだよ。ジョン君が母さんを見て、とってもとっても喜んだので連れて帰って来たんだよ。

母さんは、長旅が悪かったのかなって反省してるみたいだよ。父さんは、もっと早くに連れてきてやりたかったたって思ってた。僕は、ジョン君がほんの少しだけど、ここに来てくれて、知り合えて、うれしかったよ。もっと長くいっしょに暮らしたかった❣

第三章　僕らのがんばり

一　東日本大震災

二〇一一年三月十一日、僕は九歳、サクラは六歳になったばかりだった。その一年くらい前から、小さな地震が時々あった。僕らは大人の犬になってて、聞き分けも良かった。母さんの弟さんがクリニックにいたので、父さんと旅好きの母さんは、今までいっしょに出かけられなかった所を旅するようになっていた。鈴木さんという犬好きのお手伝いさんもいて、僕らもすっかり慣れていた。

母さんたちが留守の時に鈴木さんは和室に泊まって、朝晩の散歩は、となりのクリニックの駐車場を締め切って思い切り遊ばせてくれた。日中は、温泉に行ったり、買い物に行ったり、自分のアパートに帰ったりしてた。僕らをかわいがってくれて、僕らも何にも不自由はなかった。

その前の日に、けっこう揺れる地震があった。でも、母さんがここは岩代の国だし、明治天皇の選んだ所だから大丈夫って言ってたから安心していたんだ。

そして、その瞬間がやって来た。午後二時四十六分、ドンときて、それからゆっさゆっさとはげしく長く揺れた。止まるかなと思っても、またゆっさゆっさと揺れる。三回くらいそんなことが続いて、何十分も続いていたようだった。

家の中の全てがバタバタ倒れて、ガシャガシャ割れて、ズズッと動いた。母さんのお気に入りの（神戸に住んでた時に買って引っ越しのたびに持ち歩いた）百合の花のようなガラスが五つ付いたシャンデリアが、ダイニングテーブルの上で、ビュンビュン揺れて、天井に刺さって割れて、また揺れている。

鈴木さんは留守にしてて、家の中には僕らだけ。一瞬停電したけど、すぐに点いて、外では、カラスや小鳥がバタバタしてて、急に暗くなって雪が舞った。玄関も飾ってあったいろんな物が落ちて、割れて、足の踏み場もない。和室は土壁がバラバラと落ちて、ザラザラしてる。居間とダイニングルームのリビングボードやガラスの扉の食器棚は倒れ、その中の母さんが旅先で選び抜いて買ったマイセンやウエッジウッドなど陶器のセット、マイセンやリヤドロなどの陶器の人形、ベネチアやボヘミアなどのグラス類、そして、テレビ、ステレオが全滅さ。台所は、冷蔵庫がかなり動いた。トースター、炊飯器、カウンターテーブルの上のポット、調味料、醤油さしなんかが倒れて落ちた。床はベタベタだったけど、システムキッチンの扉はロックがかかって、普段使いの食器は全部無事だった。僕らの水入れと金属の食器も一応無事でよかった。

廊下は何にも変わってなかった。寝室も造り付けのクローゼットだったので、テレビが倒れて、棚の上の物は落ちたけど、ベッドの上には何にも落ちてなくてきれいだった。居間から庭に出るとこは通れたので、僕らは取りあえず、庭、居間、廊下、台所、寝室を行き来することにした。ガラスなどが落ちてないとこを通るように注意した。それでも、時々小さな揺れがあったので、ベッドの上でサクラとくっつき合って、不安で不安でふるえてた。

となりのクリニックは、その時、午後の患者さんの透析をしていた。長く激しい揺れの間、患者さんも職員もみんなで透析の機械とシャントと針のつなぎ目を押さえてた。少しの間、停電になったけど、透析装置にはバックアップ電源があるので大丈夫だったし、水も大丈夫だった。透析医療を始める時、水を心配した母さんは父さんに提案して井戸を掘っていた。それも数メートルで水が出たのに、岩盤の下まで百メートル以上も掘ってたんだよ。地震で水道は断水して、場所によっては復旧に一カ月以上もかかったから、よその施設の断水で透析のできない患者さんを受け入れて助けられたんだ。地震の日は、クリニックの中だけでもいろいろ大変で、だあれも僕らのことを考えてなかった。鈴木さんも戻って来られなかった。クリニックがある程度片づいて、母さんの弟さんが帰る時、僕らにドッグフードと水をくれた。

母さんたちは、その時、地球の裏側にいた。そのことは、きまりが悪くてあまり公表しなかったけどね。真夜中の二時半過ぎに目を覚ました母さんは、ホテルのテレビをつけ、NHKの海外放送が映ったので、それを見ていた。突然、大地震のニュースに代わった。そこでクリニックに電話した。クリニックが緊急時にもつながりやすいカテゴリーだったせいか（？）すぐにかかった。事務長に状況を確認して、透析患者さんも無事だったと知った。

しばらくして、津波の映像が流れ始めて、今まで見たこともない光景にぼうぜんとしていた。早く日本に帰らないとって思ったんだけど、成田空港が閉鎖されていて、結局のところ、最速で四日後に帰国できた。

僕らは、二ひきで何とかがんばっていた。すると、夜遅くになって、甥っ子さんが来たんだよ。甥っ子さんは大学が春休みになって、車を運転して鏡石に向かってた。白河辺りのパーキングエリアで休憩してる時に大地震にあったんだ。けれど、こっちが心配で予定を変更せずに、そのままこちらに向かうことにした。高速道路は閉鎖になって、パーキングエリアにいた車は皆誘導に従って東京方面に引き返して、那須辺りから降りた。ガタガタになった国道四号線を走って来たんだ。矢吹から鏡石は傷んでいて、四号線が通れなくて、通れる道を探し探して来てくれた。特に鏡石町内の道路は亀裂、陥没、マンホールの飛び出しがあって、さけて通るのが大変だったらしいよ。

そして、玄関のドアを開けた。開いた時に鳴るチャイムが鳴った。僕らは、母さんたちが帰って来てくれたと思って、玄関の瓦礫も物ともせず飛び出していった。甥っ子さんは、僕らだけなのに驚いている。事情が分かってなかったけど、僕らのことを心配してくれて、危ない瓦礫を片づけて、僕らの世話をしてくれた。母さんたちが帰って来た十五日の夕方まで。

母さんたちは、いろんな情報を収集したようで、原発事故の情報は、日本の発表内容とはちがっていた。アメリカでは、「メルトダウンして水素爆発もしていて、チェルノブイリかスリーマイル島に匹敵する事故かも?」という報道だった。東京も二百マイル内に入るんだけど、被ばくによる甲状腺がんになる危険性を除くには、二百マイル以内のアメリカ人を移動させなきゃいけなくなるかもって、考えていた。言うまでもなく、八十キロメートル圏内はもっと危険だと思ってる人も多かった。アメリカから出国する時、係官が母さんたちのパスポートを見て、「福島に帰るのはやめた方がいい。」と言った。母さんが「仕事もあるし、待ってる人たちがいるから、どうしても帰らなければ。」と言った。「そりゃあ、仕方ないな。元気でがんばれよ！　幸運を祈ってる！」って言われて、母さんは泣いちゃったんだよ。

成田空港に着く前の朝食の時、ちょうど三陸沖を飛んでいる時、母さんは多くの人の魂を感じた。般若心経を心の中で唱えたら、ひどい鼻血が出て、乗務員が大あわてになったんだって。「この人、よく鼻血が出るんです。心配いらないです。」って父さんが乗務員の方に言った。母さんには、「疲れているんだねえ。」って、「帰ってからもきっと大変だから。今は気持ちを楽にね。マックスたちが待ってるよ。」と励ました。

成田空港に無事に到着したが、成田エクスプレスなどがまだ不通だった。東京でインターナショナルな仕事をしている小林さんが待っていてくれた。今日から東北新幹線も那須塩原駅まで行くようになってるからと東京駅まで車で送ってくれた。那須塩原駅までは事務長が迎えに行って、母さんたちは帰って来たんだよ。

その日、夕方に雨が降って、その時に高濃度の放射性物質が空にあった所が、汚染されてしまったんだそうだよ。

帰って来てからすぐに母さんは、「マッ君、サクラちゃん、ただいまー。大変だったね。よくがんばったね。怖かったでしょ。でも、お兄ちゃんが来てくれて良かったね。ケガしてない？」って言った。僕らとの再会の喜びより、僕らの健康のことを考

えてばかりいるようだった。甥っ子さんには、僕らの面倒を見てくれてありがとうと言ったんだけど、

「あなたは、若くて、これから子どもを持つんだから、早く大学に帰るか、東京の家に行きなさい。明日、私の友達がお子さんとタクシーで那須塩原駅まで行って、東京に新幹線で行くから、いっしょに連れていってもらえるように頼んだから。」

と段取ってる。甥っ子さんは、相談したいこともあったみたいだったけど、母さんの勢いに負けて、翌日に車は置いて帰っていった。


その翌日から母さんは、地震後の新聞記事をスクラップし、線量計を手に入れて、家の周りを測って回った。鏡石は、幸運にも意外に汚染の具合がそんなに悪くなくて、わが家の庭や駐車場も掘って土をどかす基準値以下だったので少し安心した。僕らの散歩は、少し短くなって、庭や駐車場で遊ぶことが増えた。というのは、線量のことだけじゃなくて、鏡石町は液状化（？）がひどくて、電柱がななめになってたり、道路や歩道等々いろんな所が陥没してたり、マンホールが飛び出してたり、石垣が倒れてたりしていたからなんだよ。郡山市から白河にかけては、ずっと昔沼地

だったんだって。そうだ、鏡沼伝説も沼地の蜃気楼だったね。僕らがよく散歩に行っていた鳥見山公園も一部が瓦礫置き場になってたしね。

母さんは新聞に掲載される線量の値もしっかりと見ていて、頭の中の地図上に十五日の雨の時、どの辺りに放射性物質が降ったのか描いている。サクラと同じように頭の中に地図があるんだよ。ある日、郡山市の発表線量が母さんの頭の中で考えたものよりも低いのに気がついて、なぜなんだろうって言ってた。それからしばらくして、急に少し上がった。

新聞には、「郡山市は測定値が高かったので、それまでは屋内で測定していた。」と小さく発表されていた。母さんは自分の考えが正しかったって、僕にだけいばってた。それから、原発がまた爆発するかもと考えていた。

母さんは、となりにクリニックがあり、患者さんや職員がいるから、国が避難命令を出すまではがんばらなきゃいけない。避難命令が出たらどうするかも考えていた。ちょうど京都にちっちゃなマンションがあって、犬も大丈夫だった。最終的には、そこへ新潟経由で逃げようと考えていたんだよ。

アメリカの友達（セントルイスのワシントン大学留学時代の数少ない白人の友人）

は、アメリカの報道を見てるから、福島が大変なことになってると信じていた。心から心配して何度も何度も泣きながら、「アメリカに来て！　面倒見るから。」とか言ってくれたけど、母さんは頑固で、クリニックがあるし、僕たちもいるから、避難命令が出ない限り無理と断り続けた。かえってそのお友達を怒らせて、今は音信不通になっちゃったんだって。いつか仲直りできるといいね❣

僕らの周りの景色も生活もすっかり変わってしまった。まず、放射能の影響で農作物が作れなかったので、母さんの自慢のウユニ塩湖に劣らない風景もなくなった。ローマのミニミニ水道橋も壊れてた。何年か後、稲作がＯＫになっても羽鳥湖からの農業用水路の復旧が遅れて、いつもの時期に田植えができなかったね。

一番変わったのは、自然の恵み。春先のフキノトウ、タラの芽、アブラ芽、コゴミなどを知り合いの人からよくいただいていたけど、食べられなくなった。もちろん、秋の野生のマツタケ、シメジ、マイタケなどのキノコは、今でも食べられないらしい。筍は、最近になって、「家の庭先にあるのを線量検査して大丈夫でしたから安心して食べてください」と言いながら持って来てくれる。野山に出かけることは、ほとんどなくなった。母さんの頭の中の汚染地図で危ないと思われる所がかなりあって、野山は除染作業がされないし、半減期で考えても、僕らが好きに駆け回ると危険だと思っているからだよ。

二　僕はもうダメ

二〇一四年十一月、僕は十三歳になっていた。そして、ついに歩けなくなった。このところ、歩くのがゆっくりになっていて、母さんは心配しながら、神戸の会議に出かけていっていた。神戸は前に住んでいて、知り合いも多かったし、こちらから行く人たちの案内もしたいと思ってたから行ったんだ。同じグループに淡路島出身の方もいた。朝、起き上がれない僕を見つけて、父さんが母さんに知らせた時には、すぐに飛行機を変更して帰って来てくれた。

「マッ君、大丈夫？　そばにいられなくてごめんね。どこか痛い？　大変だったね。」

って腰と足をさすってくれる。母さんが帰って来てくれたから、僕もうれしかったし、がんばらなきゃと思ったよ。

「前足はしっかりとしているよ。後ろ足が力が入らないんだね。」

って言いながら、僕の腰を持って、そっと立たせようとしてる。後ろから支えられて僕は立てたけど、バランスを取るのがやっとで歩けない。そこに父さんがやって来て、

「犬の車椅子の番組を見たことがあるから、ネットで検索してみよう。前足がしっかりしているから、車椅子があれば散歩できるよ。」

父さんは、作ってくれる所を見つけ、僕の大きさなどを母さんと測って、オーダーした。そして、そんなに経たないうちに、真っ赤な僕の車椅子が届いた。そのままですぐに使えるのかと思ってたらちがってて、僕を乗せての調整がけっこう大変だったね。その車椅子のおかげで、歩けるというか、移動できるようになったんだ。

僕は、それを付けてのおしっことか、うんちはできず、運動用になった。それに僕を乗っけるのも母さんがひとりではできず、だんだんと使わなくなった。それで良かったんじゃないかな。僕も乗っかってる時、あちこちが少し痛かったしね。

僕の寝たきり生活が始まった。母さんのベッドの横に僕用の布団が敷かれ、おもら

しした時用の布団安心シートが敷かれ、シーツ、バスタオルの上に寝かされた。僕は、そこで自分で食事をした。最後の日まで自分で食べられたんだよ。ホットタオルで拭いてもらい、うんちは母さんがおしりを刺激して出してくれた。おしっこは、人間用の尿取りパッドをネット包帯で固定してくれて、ぬれるたびに変えてくれた。きれい好きの僕も満足できる清潔さだったよ。

ただ寂しかったのは、母さんのベッドで、いっしょのかけ布団の中で眠ることができなくなったことさ。時々、母さんは僕の布団で寝てくれた。けれど、母さんもお年になって、僕と下で寝ると翌日体が痛いらしく、だんだんいっしょに寝なくなった。僕は一年と二カ月間、寝ついた。体位交換もしてくれたので、褥瘡もできなかった。母さんは、できるだけ家で、僕のそばで仕事をしてくれた。大好きな旅行も控えてくれて、僕との時間を大切にしていた。僕も母さんといっしょの時間がずっと続いてほしかったけど、体力的に無理だと思い始めた。

母さんが悲しまない良い方法を考えたんだよ。ちょっぴり迷惑をかけようと思った。母さんは僕の世話をするのは全然苦じゃなかった。むしろいろいろ話しかけてうれしそうだった。母さんの弱点は寝てる時。だから、熟睡している午前二時に騒いだ。来てすぐの時のような声は出なかったけど、「もっと、かまってよ。」って哭いた。母さんは、最初のころは、起きて僕のそばに寝て、手でよしよしという意味のポンポンをしてくれてうれしかった。それを毎晩続けた。僕は昼に熟睡していたし、もともと犬は夜に強いので苦にならなかった。

　母さんはだんだんと疲れがたまってきたんだ。「マッ君、どうして毎晩二時に騒ぐの？　寝不足になっちゃうでしょ。」って言って、ベッドの上から足だけ伸ばして、よしよしと器用にポンポンしてくれる。このころは、午前二時を魔の時間だと言ってる。もう少しだ。

　ついに、数日後、母さんはほとんど眠ってる状態で「マッ君、こんな夜中に毎晩騒ぐと母さんの方が先に死んじゃうよ。」って言ってポンポンがなかった。

　僕は、もうこれでいいと思った。少し迷惑をかけたから、母さんも僕がいなくなっても、少し楽になったって思えるんじゃないかと信じたい❣

　僕の最後の日、サクラは分かってたように、僕のすぐそばに来たんだ。サクラに「僕はもうダメ。母さんをよろしく。」って言って、サクラは、「まかせて、お兄ちゃん。」って答えてくれた。僕は安心して旅立った。母さんが泣いている。

「マッ君、ひどいこと言ってしまって、本当にごめんなさい。マッ君のこと大好きだよ。ずっとずっといっしょにいたかった。」

と言ってるかたわらでサクラが母さんにあまえている。僕が頼んだからなのか？　僕がいたから、今までサクラは遠慮していたのか？　どっちにしても、母さんの寂しさをサクラが和らげてくれて、僕はうれしいよ❣

母さんはＳＭＡＰの『らいおんハート』をユーチューブでリピートし続けてる。サクラは母さんのベッドで眠るようになった。

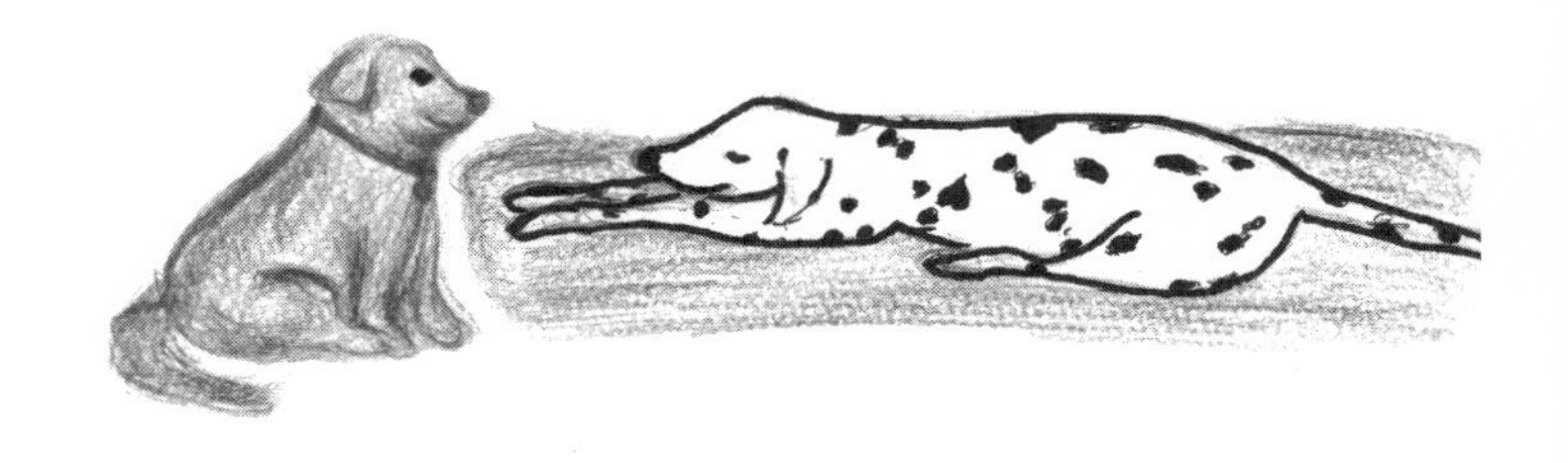

第四章　お兄ちゃん❣

一　サクラの話

二〇一六年一月二十三日土曜日の昼過ぎ、マックお兄ちゃんは、私に母さんを頼むって言い残して死んでしまった。十四歳五カ月だった。この時、私はあと一カ月と少しで十一歳になるところだったのよ。マック兄ちゃんが続きはサクラが書いたらって言ってたから、これからは、私が自分の物語を書くね。でも、お兄ちゃんの言葉は、母さんがよく分かってたけど、私の言葉をちゃんと理解してくれるかしら?!

マック兄ちゃんは、たくさんの花といっしょに箱の中で眠ってる。母さんは、泣きながら、『らいおんハート』を聴き続けてる。私は、いつものお兄ちゃんほど、近くではなかったけど、母さんに寄り添ってたよ。お兄ちゃんと母さんはラブラブで、どちらかと言うと、お兄ちゃんの愛の方が強かったね❣

次の日は、日曜日で、一月なのに暖かで、おだやかな青空だった。
「マックスは、僕の仕事のじゃまをしないように曜日までも考えていたのかな。」
って父さんが言ってるけど、本当は父さんがいてくれないと母さんが大変だって思ってたんだよね。私もいっしょに霊園に行った。マック兄ちゃんが、煙になって天国にのぼっていく間、その近くの、時々散歩に来ていた空港の日本庭園をいっしょに歩いた。ここでこんなこと、あんなことがあったねって思い出した。マック兄ちゃんは、お骨になった。先輩のロビン君、ジョン君、そして、私の知らない猫のフィフィちゃんといっしょに、観音さまに見守られてるよ❣

マック兄ちゃんがいなくなったので、母さんは少し自由に出かけることが多くなった。私がマック兄ちゃんよりも自立してるからよ。でも、ちゃんと母さんの面倒を見てるから大丈夫よ、お兄ちゃん。

母さんのベッドで眠っているよ。私の快適温度がお兄ちゃんよりも低いから、お布団の上で寝てるんだけどね。

母さんは、かなり前から国際的なボランティア団体に入っていて、世界中の女性と女の子の自立の応援をしてるの。その会議が世界中であって、それに出かけて、いろんな人と出会うのを楽しみにしているのよ。マック兄ちゃんが寝ついてた時は、海外に出かけるのを控えてたんだ。この年には、フロリダに出かけたのよ。私は少し太ってたけど元気だったし、父さんとも程よく仲が良かった。というか、父さんからとってもかわいがられてたから、母さんは安心していたのよ。

夏休みには、お友達と二人でスペインのバスク地方に旅行に行ったのよ。そうそう、その旅でね。帰りに立ち寄ったフランスのボルドーって街がとっても気に入ったのよ。なぜって、少し前からボケ防止のためとか言って習ってたフランス語を使ってみたらしいのね。パリだと何言ってるか分かんないって冷たくされたのに、「フランス語しゃべるんですね。」って喜んで相手をしてくれたから。それに母さんの大好きなワインもあるしね。それからは、母さんのボルドー語学留学の計画が始まったのよ。

母さんのいない間は、父さんとおいしいものをたくさん食べたの。父さんは寂しい時は食べるに限るって言ってるので。マック兄ちゃんも母さんもいなくて、父さんがお仕事の時、私がひとりぼっちだから寂しかっただろうって気をつかってくれたのよ。母さんがいたら、そんなに食べさせたら病気になっちゃうって叫ぶね。

私は、ここに来た時、やせっぽっちだったけど、お兄ちゃんに張り合って食べてたら、太めになっちゃったね。ひとりで暮らしてた時、いろんなとこで、食べ物をいただいてたでしょ。けっこう味のしっかり付いてるものをいただくことが多かったの。ここに来て母さんがくれる犬の体に良い味付けが、ちょっぴり物足りなかったの。だから、脱走して、よその人におねだりしてたのかもね。今は母さんの味で、まあまあ満足しているのよ。でも、母さんがいない時に父さんが食べさせてくれる人間用の味は、大好きなの。

少し前に歯が痛くなった時、まだお兄ちゃんがいたね。母さんがネットで犬の歯科医院を見つけて、遠くまで連れていってもらった。

「この子は、メタボで麻酔をかけるのは危険ですから、もっとやせさせてからじゃないと歯の治療できません。」

って言われて、

「でも、歯を痛がっているんです。」

って、母さんはお願いしたんだけどダメで。

「サクラちゃんがこんなに痛がってるのにね。あと五キロやせろなんて、いったいどれほどの時間がかかると思っているのかしら。予約して高速で時間もかけて来たのにね。」

って泣き声になってる。

たしかにそのころの私は、お兄ちゃんよりも小さかったのに体重は同じくらいだったから。見かねた父さんが、もう一度ネットで探したら、鏡石のとなり街の新しい先生の所で歯科治療もやってるってことで、予約をして連れていってくれた。となり街の新しい先生は、言ったの。

「たしかに少し太めだけど、血液検査で異常はないし、痛がってるので治療しましょう。今日は入院になります。」

次の日に手術を受けたの。母さんが迎えに来て、私の歯が何本も抜かれていたのに驚いて、「犬も入れ歯になるんですか？」って聞いたら、

「犬の歯は、前歯はかみ切るのに大切なんですが、それ以外の歯はなくても大丈夫なんです。人間のように咀嚼しないから。サクラちゃんは、前歯はきれいでしっかりとしてるから、痛い歯がなくなっても大丈夫です。かえって、歯槽膿漏のところがなくなって良かった。歯槽膿漏の薬を歯茎に入れておきました。犬の歯槽膿漏は放っ

とかれやすくて、ひどくなると骨から脳まで悪くなることもあるんです。」

と教えていただいて、母さんは私に、

「サクラちゃん、よくがんばったね。もう痛くないでしょ。これで何でも食べれるね❣」

それからは、となり街の新しい先生が私の二番目の主治医になったのよ。もちろん、一番目はお兄ちゃんと同じ先生で、予防接種に年に二回、必ず行くのよ。


マック兄ちゃんがいなくなっても、朝晩の散歩は同じだったし、そんなに書くことはないの。病気のこと以外はね。

マック兄ちゃんが亡くなった次の年（二〇一七年）の二月半ばに、朝起きて散歩に行ったの。あまり歩けなくて、のどが渇いて水ばっかり飲みたくなった。おうちに帰っても水ばっかり飲んでたのよ。水の容器がすぐに空になるから、母さんが変だと思って、父さんに相談したのね。母さんは塩分のあるものでも食べたのかと思ってた。父さんは、もしかしたら糖尿病の脱水症状かもって、すぐにとなり街の新しい先生に連れていってくれた。

先生も、「お父さんが正解です。血糖のコントロールができるまで入院です。退院できる時は知らせますので、迎えに来てください。くわしい血液検査の結果は、後でファックスします。」

となったのよ。となり街の新しい先生のとこに二度目の入院。

私の病気ばかり書きたくないので、お兄ちゃんのも、ばらしちゃえ。お兄ちゃんは、寝つくずっと前、おしっこが出なくなったのよ。その時も母さんが気づいて、足上げてるのにおしっこが出てない。おしっこをしすぎて、出ないんじゃなくて、たまってるのに出ないって気づいたのよ。そこで、となり街の先生へと思った。

先生はジョン君が死んだ後、そんなにしないうちにご病気で亡くなっていらした。別の先生に診ていただいたら、尿路結石で、膀胱の中に砂のようにたまって尿道に詰まっていたんだったよね。カテーテルを入れて、砂のようなものを取り出して、大丈夫になったのよ。ダルメシアンは石ができやすい犬種だそうで、マック兄ちゃんは、去勢手術してなかった。だから、お年になってきて、前立腺肥大になると、詰まりやすくなるからと後日手術をしたのよね。

私の二度目の入院は二泊三日だった。点滴注射にずっとつながれての水分補給とインシュリンでの血糖コントロールだったの。私は、糖尿病になった。それからは、毎日食事などに十分注意をしなければならなかったのよ。そして母さんは糖尿病コントロールのベテランになっていったよ。それからしばらくは、母さんの管理のおかげで普通に暮らしていた。

その年の十一月には、母さんが東京水道橋の宝生能楽堂で能『西王母』をやらせていただいた。母さんの晴れ舞台で、結婚式よりも多くの人を招いて、東京のお友達と食事会まで段取った。大分から高校の恩師の方もいらしてくださって、いろんな時代の友人、親せき、本当に母さんにとっての一大イベントだったね。私は、観に行けなかったけど、面を着けて、毎日練習しているのを見てたよ。無事に舞えてよかったね❣

その後、そのＤＶＤを持って、母さんは「オーストラリアのお母さん」のエレンさんに会いに行った。

エレンさんのご主人は母さんに、「自分の出身地はタスマニアで、とってもいい所だから、一度案内したい。」って生前、いつも言ってた。それで母さんはタスマニアを旅して、タスマニアデビルをはじめ、たくさんの野生動物、植物、自然を楽しんできたんだよね。

　ここで、エレンさんのご主人、デスモンドさん（みんなはデスって呼んでた）を紹介します。母さんは交換留学生で行ったんだけど、デスさんは、片足が義足だったの。日本との戦争で負傷して片足を失ってたの。その時に優しく介抱してくれたエレンさんと結婚したのよ。母さんを預かった時、パーティーで友人たちが、「どうして日本人の留学生を預かるんだ。」って尋ねて。デスさんは、「あれは戦争中の出来事。今のこの子には、なんの罪も、恨みもない。」って言ってた。母さんはそれを見て感動したんだって言ってたよ。そんなデスさんが生まれ育って、いつもすばらしいって言ってた所を見たかったんだよね❣

　二〇一八年の春、母さんは語学留学を実行したんだよ。ボルドーの語学学校に一カ月。ホームステイをしてのひさしぶりの学生生活だったけど、時代のちがいを感じたらしい。授業は、先生がパソコンでスクリーンに表示する。生徒は自分のタブレット端末、母さんはアイホンを学校内だけのＷｉＦｉでつないで検索し、画像を表示したりして発表するんだって。お知らせの紙が掲示板に張られるとスマホのカメラで撮って、自国語に翻訳してるんだって。本の辞書を持ってたのは、南アフリカから来てたリタイアしたご婦人と母さんの二人だけだったんだよね。母さんは、自分が時代遅れの人間だって、つくづく実感して帰って来たよ。思ったほど、フランス語も上達しなかった。始めるのが遅すぎたってくやんでた。でも、自分なりに、ボケ防止のフランス語とピアノは続けていくらしい。がんばってね❣

二〇一八年十一月二日金曜日、お天気は、とっても良くて、朝冷えこんだの。昼には暖かくなったけどね。朝五時前、私はおなかが少し痛くて、ひとりで庭に出て、めずらしく下痢だったのよ。そして、その帰り、庭と居間をつなぐスロープを登り、犬用の出入り口のパタパタ扉をくぐり居間にやっとこさ、たどり着いた。そこで、動けなくなってしまった。母さんは私がなかなか寝室に帰って来ないので、心配して見に来てくれた。そして、私を見つけたの。「サクラちゃん！」って呼ばれて目を開け、しっぽを少し振った。でも、上手に歩けなかったの。母さんがあちこち調べて、左の前足がだらんと力が入っていないのに気がついて、父さんに報告したのよ。

私は、お兄ちゃんとの約束で、今倒れるわけにはいかないと思ってた。母さんが父さんを起こして報告してる間に、ひとりでがんばって、右側を壁で支えるようにして歩いた。寝室には、母さんのベッドで眠るためのスロープがあった。私が落ちないように、両側に二十センチほどの手すり壁が付いてたの。それを利用して、ベッドの上に戻って眠ったのよ。

なぜ、今倒れちゃいけないかというと、今、母さんがとっても忙しいからなの。ボランティア団体の二度目の会長をやってるから。一度目は大震災の時で、その時の会長さんの料亭兼自宅が全壊になっちゃって、副会長だった母さんが代行で引きついで、その次の期の会長になったの。そばで見てても本当に大変な一年間だったのよ。それなのに、また会長になって、十月には、いっしょにボランティア活動していく中学・高校との間で締結する「S（奉仕 Service・学校 School・社会 Society）クラブ」

認証式をしたり、秋から冬は自分のクラブや対外的にもイベントだらけなの。十一月には、大イベントのチャリティーパーティーがあるの。来年の五月の三十五周年記念式典までは忙しいし、七月に次の会長さんに代わるまで、私もがんばらなきゃと思ったのよ。

母さんも父さんも、ベッドに戻って眠っている私を見て少し安心したの。朝早いから、少し様子を見て、となり街の新しい先生の診察時間になったら、連れていこうってことになったのよ。ベッドの上で、母さんが持って来てくれた朝ごはんを少しだけ食べられたの。

私を二人で抱えて行って、診察を受け、レントゲンを撮った。左前足には異常がなくて、首の骨もＯＫ。老犬にはありがちな気管が寝る姿勢の時に狭くなってるんだって。左前足に力が入らないのは脳からの可能性があるらしいの。

そして、たくさんのお薬が出たの。三日間はがんばって飲んだんだ。胃腸薬も含まれていたのに薬を服用すると、吐き気がすごかったの。お薬どころかドッグフードも食べられなくなって、全てを拒否したの。

私はきれい好きで、寝てるシートの上でおしっこをしたくなかったので、我慢してたの。母さんが「サクラちゃんは、ここでおしっこしたくないから我慢してるんじゃないかしら。」って分かってくれた。父さんと抱えて、庭の草の上に置いてくれたから、助かったの。草の上をいざって、いい場所を選んで、そこでだったら、気持ちよくできたのよ。

トイレの心配がなくなって、薬もストップしてもらったら、少し何か食べられそうなのに、ドッグフードは食べられないの。母さんがいろんなものを口に運ぶんだけどなかなか難しかったのよ。そんな中でも食べられたのは、「会津盆地」っていうクッキーのようなお菓子とシーチキン缶だったの。それからは、みるみるうちに元気になってきたのよ。

六日火曜日には起きて数歩歩けたし、七日水曜日母さんのチャリティーパーティーのお留守番もできた。八日木曜日には庭の中も歩けるようになり、九日金曜日は車で鳥見山公園に行って芝生の上をしっかりと歩いたのよ。十四日過ぎからは食欲も出てきたんだけど、食べられるものは、地元のお菓子の「会津盆地」、シーチキン缶に加えて、「王将」の餃子で焼き目のないのとケンタッキー・フライド・チキンだったの。母さんは味が濃いけど食べられないよりましだって割り切って、私の好みの食事にしてくれたの。十六日には、普通に歩けて、左手も普通にしっかりと力も入れて着けるようになったのよ。すごいでしょ、お兄ちゃん❣

冬になっていくので、母さんと私は、和室にベッドマットレスを敷いて暮らすことになったのよ。だって、和室の横がお庭だったから。母さんは、車輪付きの荷物揚げ降ろし用の小さな昇降機を買いこんで、ひとりだけでも私を庭に出せるようにしたの。動けなくなった時のことを考えて、乗せて運べるマットも買った。お兄ちゃんの車椅子を私用に改造したけど、車椅子はうまくいかなかったのよ。

冬から梅雨のころまで、和室、お庭、時々公園に車で行っての散歩だったの。だから、春先には、庭が雨の日に泥んこになりそうなので、芝生を高麗芝に張り替えてた。梅雨前には長雨に備えて、イベントなどでよく見る天井部分だけの簡単なテントを買って来て、母さんがひとりで建てたのよ。少し危なっかしいと父さんが後で手伝って補強したけどね。そのテントのせいで、芝生の育ちが悪くて、次の年庭師さんに、「芝生、うまくいきませんでしたね。」と言われてたけど、私が必要な時にはきれいに張れてて気持ちよかったよ、母さん❣

私は、母さんの会長が終わる六月まで、本当にがんばったのよ。七月の半ばに母さんは最後のお仕事の国際会議で日本の旗を持って入場するために、私を心配しながらマレーシアに出かけたの。本格的な夏になる前に、私は動けなくなった。今度は、復活できなかったの。それからは、室温が調整しやすい寝室に戻った。お兄ちゃんよりも少し小さくてその時には少しやせて軽かった私は、母さんのベッドの上での寝たきり生活が始まったのよ。お兄ちゃん、うらやましいでしょ❣

二　いつもいっしょ❣

それからの生活は、マック兄ちゃんの時と大体同じだけど、私は自分では食べられなくなってて、いやな食べ物は拒否してたの。朝は、「王将」餃子をこげ目なしで焼いてくれた。母さんは、ぎょうざは人間にとって完全栄養食って言われてるのを知ってた。「王将」の餃子には玉ねぎやねぎが入ってないことを知ってたんだ。でも、それだけ食べると犬には塩分が多すぎると思ってる。鶏肉や豚肉に鰹、秋刀魚、鯖などを加えて味を付けずに煮て、フードプロセッサーでペースト状にし、小分けし冷凍するのよ。一個解凍しぎょうざに加えて、フードプロセッサーにかけて、それを小さなおだんごにしながら食べさせてくれる。おいしくてパクパク食べられるのよ。夕食は、オリジナルのケンタッキー・フライド・チキンをほぐし、骨は除くの。ゆで卵一個と少しのミルクを加えて、フードプロセッサーでペーストにして、これも小さなおだんごにしながら食べさせてくれるの。本当にどちらも香りもよく、味もするので、私は大大満足だったの❣

マック兄ちゃんはオスだったので、ネット包帯で尿取りパッドを固定してたでしょ。私には、それは無理で、防水シート、その上に抗菌ポリマー入りのトイレシート、そして、シーツをかけるの。その上に、抗菌ポリマー入りのトイレシート、それを半分にしたのや、それを四分の一にしたの、八分の一にしたのを上手に重ねるのよ。おしっこが出たらすぐにぬれたのを全部交換してくれたので、横になったままでも体までぬれることはなかったの。その抗菌ポリマー入りのトイレシートも選び抜いて、切って使っても粉の出ないものを探し出してくれたの。シートの上でも快適におしっこをすることができたのよ❣

寝ついた私と母さんとの生活は、けっこう快適で、母さんがいろいろと話しかけてくれた。私がクシュンと返事するととっても喜んでくれたので、毎日毎日いろんなお話をしたのよ。

　おなかにコインみたいな真ん中にちっちゃな針の付いたのを貼り付けて、センサーを近づけるとすぐに血糖値が分かる機械ができたのよ。犬の血糖値でも測れたので、母さんがする私の血糖値コントロールは、パーフェクトになったのよ。だから、一年半以上の寝たきりだったけど、体調も良く過ごせたの❣

　二〇二〇年一月、新型コロナが発生してて、世界中に広がるかもって時に、母さんがオーストラリアのお母さんって言ってるエレンさんの病気が悪くなったの。九十歳を超えているので積極的治療はしないと決まった。今ならしっかりと理解してお話もできるし、エレンさんが母さんに会いたがっているって娘さんのジャネットさんから連絡が入ったの。母さんは、急きょチケットの手配をした。二月一日から四日まで、テニスのメルボルン・カップの決勝戦の週末だったの。直行便は取れなかったんだけど、パース経由でメルボルンに一泊二日の強行日程で会いに行ったんだよね。まだ日本からの入国制限がない時に無事に行って来れて、エレンさんとも長い時間お話ができて良かったね❣

二月四日に母さんが帰国してからは、新型コロナの患者さんが日本でも増えてきたでしょ。だからね。母さんが遠くに出かけなくなって、ずっと私といられたので、私はとっても満足してるのよ❣

マック兄ちゃんがいた時は、お兄ちゃんが母さんにべったりだったから、母さんも私もお互いを完全には理解し合えてなかったの。今はお互いを分かり合えて大好きになってきたのよ。寝たきりで、大好きなお外へも行けないけど、ずっといっしょにいたいと思うようになってきたのよ❣

二〇二一年二月十三日午後十一時過ぎ、私は母さんのそばで眠ってたの。父さんは二階の書斎にいた。地震がきたんだよ。東日本大震災の後、一年間くらいは、緊急地震速報のビイビイって音がしょっちゅう鳴って、震度四や五の地震はけっこうあったんだよね。でも、もうすぐ十年になるのに、この地震は強かったの。母さんは私を押さえて耐えてた。あの時のように激しく小きざみに揺れながら、横にゆっさゆっさ揺られた。母さんは「サクラちゃん、大丈夫?!　長いねえ。」って言ってるけど、東日本大震災の時は、この何十倍も長かったと思ったよ。強さは、同じように感じた。

大震災の後、家具や電気製品は、できるだけ固定していたから、倒れなかったんだ。でもね。固定されたガラス扉の食器棚の中で、あの日に運よく無事だったグラスが飛びはねてぶつかり合ってる。ガシャガシャ割れていく音が聞こえる。和室の土壁は、建設業者さんのアドバイスを無視して母さんが、「やはり趣を考えたら、土壁ね。」って言って土壁に修理してたの。だから、また、パラパラと角が落ちてしまってる。後で母さんがくやんでたよね。二階の方が揺れがひどくて、壁いっぱいに造り付けてある本棚から、本やCDがバサバサッと落ちた。

「大丈夫か？」

と父さんが寝室をのぞいてびっくりしてる。

「ここが一番被害がない!!　ウソみたいだ！」

って叫んでる。後になって分かったんだけど、この地震で鏡石町で二十軒が全壊だったのよ。それくらいひどい地震だったの。

次の日は、バレンタインデーで日曜日だったんだけど、朝からたくさんの職員の人たちが自発的に出てきた。月曜日から普通に、透析や診療ができるようにしてる。お昼までには、医療機械の点検も終えてる。透析の機械の会社の人も来て、点検していったんだって。東日本大震災の経験が役立っているのかなって思っちゃった。その日、鏡石町は断水になってたから、来てくれた人に、

「よかったら井戸水持ってってって。」

と言ってる母さんの声が聞こえてる❣

二十八日日曜日、母さんと父さんが楽しみにしていて、一年半も待っていた車がやって来た。電気自動車なのにかっこいい❣　思い通りの車で良かったね❣

ついに、二〇二一年三月十一日が来た。あの東日本大震災から十年目、コロナ禍で自粛ムードだけど、追悼の行事が予定されているんだよ。

私はいつも通りに起きて、朝食をパクパク食べて、お世話をしてもらって、ホットタオルできれいにしてもらった。私も母さんも今日が最後の日になるって思ってなかったんだけど、私は、急に息ができなくなったの。そして、おしりから黄色の無臭の液体が流れ出した。母さんがくやんでるけど、本当に突然に起こったので、私もびっくりだったのよ。前に、寝た状態で気道が狭くなるって言われてたんだけど、こ

の向きで今までは何ともなかったしね。

　この時、私は十六歳と八日、マック兄ちゃんが逝った歳よりも一年半以上も長生きしたんだよ。母さんと信頼の絆もできたよ。母さんには、父さんがいるよ。だから、マック兄ちゃん、「サクラ、よくがんばったね❣　ありがとう❣」って言ってね❣

　母さんは突然の出来事にぼうぜんとしてる。取りあえず父さんを呼んで、父さんが私の死を確認したのよ。

　それから、ペット斎場に電話したら、けっこう混んでいて、今日の十一時だったらって言われた。あんまり考えられなかった母さんは、分かりましたって答えたの。それから、私の好きな、私のイメージぴったりのお花をたくさん買って来た。箱の中にきれいなバスタオルを敷いて、私を寝かせて、ピンク色の花で飾ってくれたね。間食で食べてたワンチュールも入れてくれたね。ありがとう。

　ひとりぼっちで、だんだん寒くなって、人通りも少なくなって、食べるものがなくなってきて、いつ保健所に連れていかれるかもしれなかった生活から救ってくれてありがとう❣　父さん、母さん、マック兄ちゃんとの生活、本当に楽しかった❣　東日本大震災の日が私のお別れの日になっちゃった。絶対に忘れられないね❣

私(わたし)は茶毘(だび)にふされて、母さんは私(わたし)の抜(ぬ)かれた歯もいっしょに埋葬(まいそう)してくれた。この日は木曜日で、月半ばだったので、父さんもずっといっしょにいてくれた。快晴(かいせい)の暖(あたた)かな春の日だったね。マック兄ちゃん、ジョン君、ロビン君、そして、猫(ねこ)のフィフィちゃんといっしょに観音(かんのん)さまに見守られてるよ❣

あとがき

この本を、四国の曾祖母宅のシェパードの一代目太郎、二代目太郎、アド、スピッツのミッチー、別府の祖父母の隠居宅のコリー、実家のスコッチテリアのアリス、スージー、ベン、ボビー、シェパードのアレキサンダー、ミックスのトム、ジェリー、紀州犬の竜、エレンさんのラスティ、ベンジー、わが家のチンチラシルバーのフィフィ、マルチーズのロビン、シェトランド・シープドッグのジョン、ダルメシアンのマクシミリアン、そして、ミックスのサクラ、今まで私の人生に関わってくれた犬たちと一ぴきの猫に捧げます。君たちから支られ、人生が豊かになり、幸せでした。いなかったら、君たちの言葉も分からなくて、この本は書けませんでした。

サクラが亡くなって、埋葬が終わって帰宅すると、東日本大震災から十年の追悼式の黙とうの時間だったのです。この震災で犠牲になられた方々に黙とうをしました。これから毎年この黙とうのたびに、サクラのことも思い出すことでしょう。サクラのいない生活になってから、もうすぐ一カ月になります。今年は、福島県で初めて、三月末に桜が開花しました。その後は平年並みの気温になったりしましたので、桜の花の盛りが続いています。鏡石のいたるところに様々な桜があり、町中がピンク色に彩られています。今朝、散歩で会った方が、「今年の桜は格別ですね。本当に、いつまでも、いつまでも美しい。」って言っていました。サクラが、魔法をかけて、私たちの寂しさを和らげてくれているようです。

野替千代

著者プロフィール

マクシミリアン／語り

犬（犬種：ダルメシアン）

野替 千代（のがえ ちよ）／訳・画

大分県別府市生まれ
別府市立北小学校卒業
国立大分大学附属中学校卒業
大分県立大分上野丘高校卒業
静岡県立薬科大学卒業
実家の病院を手伝う（薬剤師・検査技師・のち病院管理）
旧厚生省病院管理研究所にて研修
私立明星学園小学校英語非常勤講師〈英語教職（中・高）取得〉
米国セントルイス・ワシントン大学　卒後教育課程留学（総合学習について学ぶ）
九州大学生体防御研究所研究生（分子生物学）
福島県に転居、現在に至る

サクラと僕（ぼく）の物語

2021年12月15日　初版第１刷発行

語　り　マクシミリアン
訳・画　野替 千代
発行者　瓜谷 綱延
発行所　株式会社文芸社
〒160-0022　東京都新宿区新宿1－10－1
電話　03-5369-3060（代表）
03-5369-2299（販売）

印刷所　株式会社フクイン

ISBN978-4-286-23180-8　　JASRAC 出 2107972 － 101